野守草婚姻譚
幽霊屋敷の新米花嫁

雨咲はな

富士見L文庫

目次

序章 5
第一章 嫁入り 8
第二章 育むもの 55
第三章 奔走する新妻 106
第四章 南条の呪い 168
第五章 若夫婦の共闘 227
終章 289
あとがき 298

序章

南条家《なんじょう》は、江戸の頃には天子さまの近侍を務め、明治に制定された華族令で伯爵位を叙爵された、由緒正しい公家《くげ》華族の家柄である。

大正までは栄華を誇り、東京の広大な敷地《しきち》内に瀟洒《しょうしゃ》な洋風の大邸宅を構えて、かの鹿《ろく》鳴館《めいかん》にも出入りしていたほどだ。教育や職業面で様々な華族特権を得たことにより、さらなる経済的基盤に恵まれ、一族は隆盛したとされる。

しかしその南条家に、転機が訪れた。

昭和二年の金融恐慌により、財産の大部分を失ってしまったのだ。元家臣たちの結束が強い武家華族と異なり、公家華族は一旦瓦解すると脆《もろ》かった。特権階級に胡坐《あぐら》をかいていた身には、金策の伝手《つて》も知恵もない。茫然《ぼうぜん》としているうちにどんどん経済状態が悪化して、体面を保つことも難しくなり、せっかく得た爵位と華族身分を手離す結果となった。

南条家はそこから没落の一途を辿《たど》ることになる。

当主は苦渋の決断として東京の邸宅を売り払い、郊外にあった元豪農の屋敷《やしき》を買い取って、そちらへ移り住むことにした。土地と邸宅はかなりの資産価値があったため、金銭的な余裕はできたが、都落ちせねばならないのは相当な屈辱であっただろう。

が、それは不幸の終着点ではなく、むしろ始まりに過ぎなかった。

昭和二十年にようやく終戦を迎えて安堵《あんど》したのも束《つか》の間《ま》、そのしばらく後に、次の当主となるはずだった長男が急逝したのである。家の再興を夢見て、跡取りをなによりも大事にしていた当主はそれでがっくりと気落ちして、半年後、自分もあとを追うように病死した。

次に南条家当主の座が廻《まわ》ってきた次男は、突然降って湧いたこの事態にすっかり取りのぼせてしまい、強くもないのに酒をしこたま飲んだ挙句、酔って川べりから落ちて溺死。三男は彼のように舞い上がりはしなかったものの、逆に怖気《おじけ》づいて書き置きを残し行方不明となり、しばらくしてから海岸に打ち上げられた遺体が発見された。

立て続けに夫と息子たちを亡くし、憔悴《しょうすい》した当主の妻は寝たきりになり、一年後、眠るように息を引き取った。

ほんの二年ほどの間に、実に五人もの人間が相次いで亡くなった、ということになる。

残ったのは末っ子の四男、ただ一人。

これに慌てたのは分家筋の親戚たちだった。四人も息子がいるのだから南条の将来は安泰だと思い込んでいたのに、この四男まで死んだら本家を継ぐ者がいなくなり、正統な血筋が絶えてしまう。

昔ほどではないとはいえ、世間では南条は未《いま》だ名だたる旧家として通っている。それをなにより の誇りとしていた彼らにとって、お家断絶は到底我慢ならないことだった。

親戚たちはそれから、彼の配偶者になる女性を躍起になって探した。こうなったら一刻も早く跡継ぎをつくってもらわねばならない。これまではこだわってきた家柄の釣り合いも、多少は目を瞑《つぶ》ることにした。

だが、それでも四男の嫁探しは困難を極めた。

なにしろここまで死者が続いたのだ。「南条本家は呪われている」という噂《うわさ》が、まことしやかに囁《ささや》かれても無理はない。どんなに説得しても娘を嫁入りさせることに肯《うべな》う家はなく、女性のほうも死ぬのはイヤだと泣き喚《わめ》いて逃げ出す始末だ。本音を言えば親戚たちだって怖いので、では我が娘をと手を挙げる者は一人もいなかった。

――そしてついに白羽の矢が立ったのが、南条の遠縁の娘だった。

本家から見れば、かなり格下の相手となる。正直親戚たちは揃《そろ》っていい顔をしなかったが、一応の体裁はとれているというので、やむを得ずその娘の嫁入りを許可することにした。その際、本人たちの意思などは、誰も問題にしないまま。

これが、南条家の新当主となった司朗《しろう》と野々垣《ののがき》小萩《こはぎ》の縁組の、一連の経緯である。

第一章　嫁入り

夏の盛りは過ぎたとはいえ、暑さがまだしぶとく残っている八月の終わり、司朗《しろう》と小萩《こはぎ》の祝言は行われた。

屋敷の中の、襖《ふすま》を取り払えば二十畳にもなるという広々とした座敷《ざしき》で、紋付き袴《はかま》や黒留袖を着て集まった客は、総勢五十名ほどだろうか。

祝い膳を前にして座る彼らに笑みはない。どころか、どの顔も不満そうなのを隠そうともしていなかった。酒の杯を手にしながら、または扇子で顔を扇《あお》ぎながら、上座のほうに目をやり、ひそひそと隣の客と低い囁き声を交わしている。

「ずいぶんと貧相な」

「貰《もら》われ子なんだろう？」

「そんな娘が本家の嫁とは……」

胡乱《うろん》な視線とともに、次から次へと小声で発される言葉が降り注ぎ、まるで滓《おり》のように沈殿していくようだった。この座敷内の空気がなんとなく重く濁って感じられるのは、おそらくそのせいもあるのだろう。

野々垣《ののがき》小萩、十八歳。今日から南条《なんじょう》姓となる。

遠縁の娘、ということになっているが、南条家と縁続きなのは養母であり、小萩は養父の妹の子だ。両親が相次いで亡くなり、伯父の家に養女として引き取られたので、彼らの言葉は何も間違っていない。しかしこの場合、「小萩が上流家庭の娘ではない」ということが、非難の最も大きな理由になっているようだった。

――いつになったら終わるのかな。

黒引き振袖と角隠しという花嫁衣裳《いしょう》に身を包んだ小萩は、押し殺そうという意図もない彼らの声と、こちらに投げつけられる不躾《ぶしつけ》な視線に伏し目がちで耐え、ひたすらお開きの刻限を待ち続けていた。

本来なら晴れの場であるはずの祝言で、それを歓迎している人は誰もいないという現状に、もともと強くもない心がひしゃげて潰されそうだ。本家と深く関われる立場になった小萩の養い親だけは満面の笑みを浮かべているが、自分たちのこれからの「権利」を声高に主張するばかりのその様子が、余計に居たたまれない。

角隠しの下からちらっと視線を隣に向けてみれば、そこにはこれから小萩の夫となる司朗が座っている。

黒の紋付き姿の司朗は、端然と座した姿勢のまま、開け放たれた障子の向こうの庭へと顔を向けていた。小萩と同じく目の前の膳には手をつけようとせず、かといって座敷内に立ち込める異様な雰囲気を気にする様子もない。

何を見ているのだろう、と小萩も外へ目を移した。

先代当主が買い取ったという屋敷は、小萩の目から見てたいそう立派な日本家屋だった。平屋だが面積が広く、座敷が十以上あって、庭に面した縁側は非常に雑巾がけのし甲斐《がい》がありそうなくらい長い。それでも敷地にはまだ余裕があり、屋敷の周りを取り囲む庭には、様々な植木が配置されている。

眩《まぶ》しい陽射《ひざ》しに照らされて、きちんと剪定《せんてい》された犬柘植《いぬつげ》と、その向こうに背の高い楓《かえで》の木が見えた。秋になればあれが綺麗《きれい》に紅葉して、見る者の目を楽しませるのだろう。自分ももしかしたら、その恩恵にあずかれるかもしれない。

……秋までここにいられたらの話だけど、と心の中で呟《つぶや》いて、小萩はそっと嘆息した。

司朗のほうに目を戻してみたが、彼は相変わらずこちらを向きもしない。

見合いの場すら設けられず、養家からここに来てすぐに祝言の運びになったため、小萩は夫となる司朗の顔もまだまともに見ていなかった。

——小萩と申します。不束者《ふつつか》ですが、よろしくお願いいたします。

そう言って挨拶をした時も、養い親の言いつけで畳にくっつくくらい頭を深く下げていたので、彼がどんな表情をしていたのかは判《わか》らない。

とりあえず、丸眼鏡をかけていたことと、髪の毛があちこち撥《は》ねていたことだけは見て取れたのだが。

　大学で非常勤講師をしている司朗は、植物学者でもあるという。きっと髪を撫《な》でつける暇もないくらい多忙なのだろう。その厳《いか》めしい肩書きだけでも小萩は身が縮みそうだ。

ただでさえ小萩はまだ年若く、二十八になるという司朗とは十歳の差がある。この上、大変に気難しい人物であったらどうしよう。

　彼がこの結婚をどう思っているのか、怒っているのか嘆いているのか、それとも小萩と同様にすっかり諦めているのか、何も判らなかった。

＊＊＊

　炎を上げるかまどの上では、米を炊く羽釜《はがま》の蓋がカタカタと揺れている。

「ふう……」

　祝言を挙げた翌朝、朝食の支度をするため台所に立ち、小萩はため息をついた。

　それから少し慌てて周りを見る。まだ陽が昇りきっていないこの時刻、屋敷内はどこもかしこもしんと静まり返っていて、聞こえるのは釜が立てる音くらいだ。養家と違い、ここに住んでいるのは自分と司朗の二人だけであったことを思い出し、ほっとした。

　南条家の台所は屋敷裏側の一段低い土間にあり、勝手口と直結している。建物自体はかなり昔からあるので設備も古いものが多いが、普通の家の台所の何倍も広かった。

驚くほど大きな鍋やたくさんの食器もあって、これまで大人数の食事を用意してきたのだろう賑《にぎ》やかさが想像できる。だが今は司朗と小萩だけだから、しばらく必要なさそうだ。

先代の時まで雇っていた女中は全員辞めてもらったというので、これからは小萩一人が家事の一切を取り仕切ることになる。

もちろん、それに不満はない。もともと養家では、食事の支度も洗濯も掃除も、ほぼ小萩が一手に担っていた。幼いうちに引き取られてから、それはもう厳しく叩《たた》き込まれたので、大体のことはこなせると思う。

止まることなく手をてきぱきと動かし続けながら、味噌汁《みそしる》の具は豆腐にして、漬物を切って……と頭の中で流れるように段取りを考えるのも慣れたものだ。少しくらい別の方向に思考が飛んだところで、襷《たすき》掛けにしてある着物の袖を焦がすようなヘマはしない。

たとえその中身が、昨日の初夜についてのことであっても。

「はあー……」

もう一度、大きな息を吐き出す。結婚二日目からこれでは先が思いやられるが、そうやってせめて外に出さないと、胸にしこった重みで床に沈んでしまいそうだった。

昨日、祝言を済ませた後で、養い親の二人にきつく言い含められた言葉が脳裏を過《よ》ぎる。

——いいかい小萩、夜のお勤めはきちんと首尾よくこなすんだよ。なに、そんなものは、あちらにお任せして、ちぃと我慢しておけばするする運ぶもんさ。

――こうなったら一日も早く子どもを産むのがおまえの仕事だ。くれぐれもご当主の機嫌を損ねるようなことはするんじゃないぞ、いいな？

助言というにはかなり露骨な内容であったが、小萩はそれに大人しく頷《うなず》くしかなかった。

小萩だって、今さら何かを拒むつもりはない。自分の知らない間に決まっていた結婚だが、妻になった以上は避けられないものがあることくらいは承知している。

しかし、小萩のそんな覚悟を嘲笑《あざわら》うように、事はまったく「首尾よく」はいかなかったのだ。

……昨夜、司朗は夫婦の寝所に小萩を案内すると、「では、おやすみなさい」と当然のように言って自分の部屋に入ってしまい、それっきり出てこなかったからである。

おかげで、初夜だというのに小萩は布団の傍らで一人、徹夜をする羽目になった。それが新妻の義務だと思ったので寝ずに待っていたのだが、結局司朗の訪《おとな》いはないまま朝を迎えた。寝不足なので、ため息の合間に欠伸《あくび》が出る。

司朗は自分のことがよほど気に入らなかったのか。それともやはり十も年下の小娘など、相手をするつもりがないということか。しかしこのままでは子どもどころの話ではない。

祝言を挙げたとはいえ、小萩と司朗は未だ正式な「夫婦」ではないということだ。

「ふう――……」

「三回目だ」

再び深い息をついたところで、背後からくすっと笑う声が聞こえた。小萩以外、誰もいないはずの台所で。

えっ、と驚いて振り返ると、いつの間にか、自分の後ろに七つか八つくらいの男の子が立っている。

小萩は戸惑ったが、そういえば勝手口の戸が開けっ放しだ。近所の子が入ってきちゃったのかしら、と首を傾《かし》げた。

それにしても、彼は変わった恰好《かっこう》だった。童水干《わらわすいかん》――祭りの時に寺院の稚児が着るような衣裳を身につけ、おまけに長い髪を後ろで括《くく》っている。昔、絵本で見た牛若丸《うしわかまる》のような姿だが、その衣服はずいぶんと古びていて、しかも薄汚れていた。

彼がどこの子で、なぜそんな服装をしているのかという疑問よりも、小萩はその子どもの痩せ細った手足のほうが気になった。

戦後すぐと比べて食糧事情はかなり好転したというのに、今にもぱったり倒れてしまうのではないかと心配になるくらい余分な肉がない。そう思うせいか、身体《からだ》もどこか薄く透き通っているように見えた。

「あの、何か食べる?」

気づいた時にはもうその言葉が口から滑り落ちていた。男の子は、堂々と台所の真ん中にまで入り込んできたわりに、小萩に声をかけられて非常に驚いた顔になった。

目を真ん丸にした表情になってみれば、年齢相応の幼さが前面に出る。小萩は笑みをこぼして、何をあげようかと考えた。お握りでもこさえたいところだが、ご飯が炊けるまではまだ少し時間がかかる。

「お饅頭《まんじゅう》でもあればいいんだけど……ちょっと待ってね」

男の子に言ってから茶簞笥《ちゃだんす》に向かっていき、棚の中を覗《のぞ》いてみた。饅頭はなかったが、箱に入った干菓子がある。これでも多少は腹の足しになるかと思いつつ、もう一度後ろを振り返ると──

男の子の姿は忽然《こつぜん》と消えていた。

小萩はその場に立ち尽くしてから、「あっ」と短い声を上げた。やってしまった、と目を閉じて天を仰ぐ。

──あれは、「この世ならざるモノ」だったか。

いわゆる幽霊というやつだ。小萩はなぜか、幼い頃からその手のモノが見える。その気もないのに見えてしまうのだから、生まれつきそういう厄介な荷物を背負っているのだと思うしかない。

幽霊と一口に言っても、ひっそりとただ立っているようなのから、暗い情念を孕《はら》んだ眼で睨《にら》みつけてくるようなのまで、様々だ。害のあるなしにかかわらず、彼ら彼女らには決して自ら近寄らないよう用心してきたのに、相手が邪気のなさそうな子どもで、いつもよりもはっきりと見えたこともあって、つい普通に話しかけてしまった。

小萩は霊が見えることを絶対他人に言わないよう、実の親に厳しく教え込まれた。もうあまり顔も覚えていない両親だが、何があっても隠しておきなさい、と言われた時の真剣な口調は記憶に残っている。

しかしたとえその存在を無視しようとも、そこに自分にだけ見える「誰か」がいれば、言動がどこか挙動不審になるものだ。人はそういうことには敏感だから、「あの子は時々ちょっと変」と疎外されたり、陰口を叩かれたりする。養家でもそれでよく冷たく当たられた。つまり碌《ろく》なことにはならない。

司朗にこんなことが知られたら、きっと気味悪がられてしまうだろう。初夜どころではなく、すぐにでもこの家から追い出されてしまいかねない。それだけは困る。

「気をつけなくちゃ」

手を拳にしてぎゅっと握り、自分を戒めた。あの子の姿かたちといい出現の仕方といい、考えてみれば明らかにおかしかったのに、寝不足でぼんやりしていたから、普段どおりに判断することができなかったのだろう。

しっかりしなければ。司朗に気に入られなくとも、せめて嫁としての務めをきっちり果たしてさえいれば、ここに置いてもらえるかもしれない。

……自分には、帰るところなど、もうどこにもないのだから。

不意に、先刻見た男の子の姿を思い出した。

くりっとした大きな目に、楽しげに綻んでいた口元。たくさん食べてあの頬がふっくらとし、身なりを整えれば、どれほど可愛《かわい》らしくなることか。

周りには、誰もあの子を気にかける大人はいなかったのだろうか。だとしたら、どんなに寂しい境遇だったのだろう――

でもそれは、考えてもどうしようもないことなのだ。小萩は自分にそう言い聞かせ、小魚の干物を七輪で焼くために、のろりと足を動かした。


「おはようございます、司朗さん」

寝起きの顔で、欠伸をしながら髪の毛を手でくしゃくしゃと搔《か》き回し、居間に入ってきた司朗は、そう挨拶した小萩を見て一瞬驚いたように目を見開き、その場にぴたっと立ち止まった。

五秒くらい静止してからやっと、昨日自分が祝言を挙げたことと、小萩のことを思い出したらしい。

「……おはようございます」

もごもご挨拶を返し、すとんと座布団の上に腰を下ろす。自分の家なのに、ここにいてもいいのかな、というような表情をしていた。

「お食事をどうぞ。ご飯、よそいますね」

小萩がお櫃《ひつ》の蓋を開けてしゃもじを持つと、「はあ」と小さな返事があった。実を言えば小萩は緊張でガチガチなのだが、司朗はどうも掴《つか》みどころがない。起き抜けでまだボンヤリしているのだろうか。

ふんわりと湯気の上がる炊きたてのご飯を茶碗《ちゃわん》によそい、鍋に入っている熱々の味噌汁を椀《わん》に注ぐ。お菜は炙《あぶ》った小魚の干物と漬物だ。司朗はそれをざっと眺めて、卓袱台《ちゃぶだい》の空いた場所に目をやり、わずかに首を傾げた。

「小萩さんは、もう食べたんですか？」

問われて、小萩はびっくりした。まず、司朗がちゃんと自分の名前を覚えていたことに、そしてその口調が非常に丁寧だったことに、それから質問の内容に。

「えっ……あの、わたしは後でいただきますが」

小萩はいつも、家の主人およびその家族がすべて食べ終えた後、台所の隅で片付けのついでにそそくさと食事を済ませる。それが普通で、小萩にとっての常識だ。だからどうしてそんなことを聞かれるのか判《わか》らないまま答えると、司朗はちょっとだけ眼鏡の奥の目を瞬《またた》いたが、それ以上の追及はせずに、「——そうですか」と話を終わらせた。

「いただきます」

きちんと両手を合わせて、箸を取る。育ちが良《い》いためか、司朗の食事の所作はとても上品だった。姿勢正しく背筋を伸ばし、箸で取ったものを口に運ぶ動きに見惚《みほ》れてしまいそうになる。養家には小萩よりも年上の男兄弟がいて、毎日争うように騒々しく食べていたので、なおさら新鮮に見えた。

兄弟の有様《ありさま》を見るたび、がちゃがちゃと忙《せわ》しなく口に突っ込むようにして食べていては味なんて判らないのではないかと思ったものだが、実際、そんなものは彼らにとって関係なかったのかもしれない。養母からは「ただでさえおまえという居候がいるんだから食費は節約するように」としか言われたことはないし、兄弟にも量の少なさについて文句を言われた覚えしかないからだ。

司朗は文句は言わなかったが、感想を口にすることもなかった。ただ黙々と嚙《か》みしめている。味は薄いのか濃いのか、米はもっと柔らかく炊いたほうがいいのか、どういうものが好みなのか、少しは教えてくれるのではないかとそわそわしながら見守る小萩を余所《よそ》に、無言のまま食べ終えて、「ごちそうさま」と箸を置いてしまった。

小萩は落胆をなんとか顔には出さずに堪《こら》えた。あまり出過ぎたことをしてはいけない。完食してもらっただけでもよしとしよう。

小萩が淹《い》れたお茶を一口飲んでから湯呑《ゆの》みを置き、司朗はようやくこちらを向いた。

考えてみたら、改めて正面から彼の顔をしっかり見たのは、これがはじめてである。昨日見た時よりもさらに髪が撥《は》ねているのはまだ整えていないからだろう、たぶん。シャツとズボンという洋装で、眼鏡をかけた司朗は、ずいぶんと生真面目そうで近寄りがたい雰囲気をまとわせていた。

「僕は今日、大学に行く日なんですが……」

「はい、聞いております。週に四日、大学にいらっしゃるんですよね。お弁当も用意してありますので」

非常勤講師で学者という立場の司朗は、講義のある日以外も、植物の研究のため大学に行くのだそうだ。

「すみません」

軽く頭を下げて、立ち上がる。支度をする手伝いをしようと小萩も立ったが、司朗は必要ないというように手で制して、すたすたと居間を出ていった。

その姿が見えなくなってから、小萩はしょんぼりと肩を落とした。

冷たくされるわけではないが、司朗はどこまでも他人行儀だった。こちらに心を許していないのが否応《いやおう》なく判ってしまう。司朗にとっても強引に進められた結婚話だから、意に沿わないことが多々あるのは仕方ないとはいえ、本当にやっていけるのだろうか。

せめて嫌われることだけは避けたい。忙しい司朗の邪魔にならないよう、なるべく静かにしていなければ。そこにいるだけで目障り、という態度を取られるのは養家でも日常茶飯事だったから、存在を消すように立ち回るのは慣れている。

そう決心した小萩は、出かける司朗を見送る時も、言いたいことを腹の奥にぐっと押し込め、「いってらっしゃいませ」と頭を下げるだけに留《とど》めた。

いいのかしらと気になったが、それもきっと余計なことに違いない。

やっぱり髪の毛、ボサボサのままだわ……


後片付けをし、洗濯と掃除を済ませると、時刻はもう十時近かった。

「まだやることはあるけど……今のうちに、建物の周りをぐるっと廻《まわ》ってみようかな」

広い庭を散策しようというのではなく、少しでもこの家のことを把握しておこうと思ったためだ。なにしろ小萩は何も知らないまま、ここに嫁に来てしまった。

司朗を日常の些事《さじ》でいちいち煩わせるわけにはいかない。養家でも、小さなことを訊《たず》ねるたび、鬱陶しそうに叱られた。ただでさえ小萩は「気が利かない」のだから、最低限、自分でできることはやっておかなければ。

「それにしても、お屋敷《やしき》だけでなく、お庭も立派なのね……」

少し見てみただけでも、つい感嘆の声が漏れてしまう。

よく整えられた庭には、形の良いアカマツや、どんと据えられた大きな景石、灯篭などが揃《そろ》っていた。おそらく庭師が手入れしているのだろうから、そのことも確認しておかないと、と内心で呟《つぶや》く。先代当主の妻、つまり司朗の母にあたる人が、家内のこまごまとした書き付けを残してくれているとのことなので、後でじっくり目を通そう。

一つずつ確認するように足を動かしていた小萩は、ある低木の異変に気づいて立ち止まり、目を瞬いた。

「まあ、これ……南天よね」

庭の奥のほうに植えられたその南天は、葉がところどころ茶色に変色していた。

他の木はどれも青々としているのに、一株だけ枯れかけているというのもおかしな話だ。

南天は丈夫な樹木だと思っていたが、病気にでもなってしまったのだろうか。

周りが生命力溢《あふ》れた瑞々《みずみず》しさを顕示している中で、萎《しお》れて弱ったその姿は、ひどく哀れに見えた。

南天は冬になれば、正月の彩りに欠かせない赤くて可愛い実をつける。庭師が来た時に聞いてみようと、これもしっかり胸に刻んだ。

それからまた歩を進め、今度は屋敷の西に向かう。そちらには大きな蔵があるのだが、小萩の足は中途半端な位置で再び止まった。

眉を寄せ、胸に手を当てる。

……なんだか、ざわざわする。

母屋から蔵までは飛び石が続いているのだが、その半分もいかないうちに、小萩はそれ以上進むのを躊躇《ちゅうちょ》した。蔵は落ち着いた色の土塀で、二階分の高さがあり、扉の上に一つだけある小窓に鉄格子が嵌《は》められている。普通の――といっても町中にそうそうあるものではないが、裕福な家には珍しくない外観の蔵だ。

しかし小萩には、その立派な蔵が、ひどく不気味なものに思えてならなかった。

こちらを圧倒するような重厚で鬱蒼《うっそう》とした雰囲気がそう感じさせるのかもしれない。蔵というからには高価なものや貴重なものが仕舞われているのだろうから、ものものしくて当然だと理性では思うが、本能的な怯《おび》えはどうにもならなかった。

蔵の観音開きの扉には大きな南京錠《なんきんじょう》がついていて、その上頑丈そうな材木の閂《かんぬき》が横向きにがっちりとかけられている。誰も気軽に近づいてはならぬ、とこちらを威嚇しているかのようだ。蔵にとって、新参者の小萩はほとんど盗《ぬす》っ人《と》と変わらないのだろう。

――まるで南条家そのものに拒絶されているように思うのは、被害妄想が過ぎるだろうか。

しかし朝の司朗の素っ気ない言動が頭に浮かんでしまうのはどうしようもなかった。彼と自分との間には、この蔵と同じくらい分厚い壁がある。

小萩はまだこの家にとっても、司朗にとっても「他人」なのだと、嫌でも思い知らされる気分だった。

「……すみません、もうここには近寄りません」

蔵に向かって頭を下げ、小萩はそそくさと踵《きびす》を返した。

＊＊＊

八月が過ぎ、九月に入った。

蒸し暑さがだいぶ薄れ、日中でも少し涼しい風が吹き通って、一息つける時期だ。にもかかわらず、小萩は落ち着かない毎日を過ごしていた。

一つめの理由は、この屋敷のおかしさに気づいてしまったことにある。

……ここには、間違いなく「何か」がいる。

先日の男の子はあれから見かけないが、その代わり、角をするりと曲がっていく豪華な赤い振袖の端を目にしたり、どこかから人の話し声がこそこそと聞こえたりすることが何度かあった。なるべく耳に入れないようにしているので内容は判らないが、声の主はどうやら複数で、それも若い男女らしい。

いくらこれまでに何度も幽霊を見てきたとはいえ、だからって平気なわけではないのである。一つ屋根の下に人ならぬモノが棲《す》みついていると判れば、やっぱり怖い。霊の中には人に害をもたらすものもいると知っているから、なおさらだ。

こんな時、どうしたって例の噂《うわさ》が思い出されてしまう。

――南条本家は呪われている。

それが本当なのか、屋敷内に潜む何者かが先代当主たちの死に関係しているのかは、判らない。今のところ、小萩の身に何かが起きる様子もない。だが、もしかして、とヒヤリとしたものが背筋を駆け上るのは止められなかった。

祝言に来ていた親戚たちが、「こいつもすぐに死ぬんじゃないか」という、恐れ半分、好奇心半分で、自分を見ていたことは承知している。五人もの人が次々に亡くなったというのも紛れのない事実だ。普段はなるべく意識しないようにしていても、昼間なのに部屋の中が妙に暗く思えたり、一人の時になんとなく視線を感じたりすることが続けば、ちょっとした物音にもビクッとするようになってしまった。

そしてもう一つの理由は、司朗との距離がまったく縮まっていない、ということだ。

半月経《た》っても、司朗の態度は相変わらず一線を引いている。小萩が話しかければ返事はしてくれるものの、あちらから歩み寄ってくることは皆無だった。

養家でのように文句を言われることも、叱られることもないが、そもそも必要最低限の言葉以外あまり聞いたことがない。食事中はいつも息苦しいくらいに沈黙が続いているが、よほど無口な性格なのか、それとも小萩と雑談はしたくないという意思表示なのか、司朗のほとんど変わらない表情からでは判別がつけられなかった。

小萩の困惑と焦燥は深まる一方である。

司朗は大学に行かない日は自室にこもっていることが多く、顔を合わせる機会もそう多くはない。どうやら論文を書いているらしく、夜遅くまで襖《ふすま》の隙間から明かりが漏れていることもある。そういう時は食事にも出てこないので、お握りとお茶を部屋の前に置き、控えめに声だけをかけることにしていた。

――もしかして司朗さんは、わたしのことを新しく入った女中だと思っているのかもしれない。

それならこの素っ気なさも理解できる、と頷《うなず》いてから、どんよりと落ち込んだ。実際、籍は入っているものの、司朗とは今も別々に寝て他人同士のままなのだから、女中というのもあながち間違いではないのだ。

未《いま》だ妻ではない。かといってずっと女中でいるわけにもいかない。しかし出しゃばって司朗を怒らせたくはない。

小萩の立場は非常に不安定なまま、宙に浮いている。

幽霊に怯え、ここから追い出されることを恐れ、このままでは早晩ノイローゼになりそうだ。

耐えかねた小萩はある日、思いきって司朗に訊ねてみることにした。

「……わたしの作るものは、お口に合いませんでしょうか」

夕飯を食べ終わったところを見計らい、嫌みに聞こえないよう気をつけて、おずおずと口を開く。今まで黙って給仕をし、黙って食器を片付けるだけだった小萩が声を発したためか、司朗は少し驚いたようにこちらを振り向いた。

小萩の顔を見てから、卓袱台《ちゃぶだい》の上の空になった皿を見る。それから着物の合わせから覗《のぞ》く鎖骨をこりこりと指先で掻《か》いた。司朗は家の中では大体和服姿である。

「……大変、美味《おい》しかったです」

予想外に直球の返事が来て、小萩のほうが面食らった。せいぜい「いや」とか「うん」とか、その程度だと思っていたのだが。

司朗の顔つきと声の調子はいつもと同じで、そこには嘘《うそ》も皮肉も感じられなかった。

「え……っと、で、では、味付けに、ご不満はありませんか。あの、甘すぎるとか、薄味はお好みでないとか」

「そんなことはないです。このかぼちゃの煮物も」

何もなくなった小鉢を指す。

「ちょうどいい甘さでした。僕はあまり好き嫌いがないんですが、正直、かぼちゃはどちらかというと苦手で。でもこれは、とても美味しいと思いました。小萩さんが作ってくれるものは、なんというか、丁寧で誠実な味がして、僕の舌によく合います」

考えながら言葉を選ぶようにして、司朗は真面目な顔でそう言った。あまりにも率直に褒めてくれるので、小萩のほうが取りのぼせてしまう。

いろいろ不満があるのではないかと心配で、なんとか聞き出せたらと思っていたのだが、まさかこんなことを言ってもらえるとは思ってもいなかった。

「あ……は、はい、そうですか。それは、よかったです……ではあの、こ、今後も精進いたします、ね……」

上気した顔で、混乱しきったまま口を動かした。自分が作ったものを誰かに褒められたのははじめてで、平常心が保てない。慌てて司朗から目を逸《そ》らし、震える手で急須から茶を注いだ湯呑《ゆの》みを置いた。

「ど、どうぞ」

「ありがとう」

お茶を淹《い》れるという「当たり前」のことをしただけで誰かに礼を言われたのも、これがはじめてだ。

……そうか、最初からちゃんと聞けばよかったんだ。

何か余計なことを言ったら、司朗の機嫌を損ねるか、怒られると思っていた。小萩はいつも、後ろに下がって空気くらい控えめにしているよう求められていたので、そこから一歩だけ前に出ても許されることがあると知らなかった。

司朗は養い親たちとは違う。少なくとも、小萩を「人」として扱ってくれている。この家に来てから、ようやく身体《からだ》の強張《こわば》りが解けたような気がした。

＊＊＊

それから数日後。

小萩は縁側に腰掛けて、薄く夕焼けに染まり始めた空を眺めながら、着物の裾から出た裸足《はだし》を軽くぷらぷらと揺らしていた。

夕飯の下ごしらえはもう済ませてあるから、司朗が帰ってくるまで休憩がてら少し風に当たることにしたのだが、存外気持ちがいいものだなと思う。養家にいた時は次から次へと仕事に追われて、息をつく暇もなかった。

「司朗さん、まだかな……」

ぽそっと独り言を漏らす。無意識に手が頭に伸びて、後ろでお団子に纏《まと》めてある髪を軽く整えた。

今夜のお菜は焼き鮭《ざけ》となすのしぎ焼き、きゅうりの酢の物だが、司朗は好きだろうか。好き嫌いはあまりないと言っていたし、たくさん食べてくれるといいのだが。

先日は少々……かなり動揺してしまい、思い返すと恥ずかしい。よく考えたら司朗は

「かぼちゃが美味しかった」ということしか言っていないのに、あんなにも浮かれてしまって、子どもっぽいと呆《あき》れられたのではないだろうか。司朗は大学の先生なのだから、もっとしっかり受け答えしなければ。

でもあの一件で、気持ちはずいぶん楽になった。

とりあえず、司朗に嫌われているわけではないらしい、と思えるようになったからである。小萩の立ち位置は未だ半端なままだが、初対面の人間同士が夫婦になったのだから、そんなにすぐ上手《うま》くいくわけがないのは当然だったかもしれない。

今までの小萩はよほど思い詰めた悲愴《ひそう》な顔つきをしていたことだろう。それでは司朗だって対応に迷うというものだ。

あれから司朗のほうも心境の変化があったのか、お茶を淹れると必ず「ありがとう」と言うようになった。小萩はそのたび、ほっこりと心が温《ぬく》もりに満たされる。その言葉を出す時の司朗が、引かれた線よりもほんのちょっとだけ、こちらに入ってきてくれたようで。

こうして少しずつ、少しずつ、焦らずにやっていこう。

「ゆっくりと時間をかけていけば、きっと……」

「さて、そんな猶予があるかねえ」

「え」

呟《つぶや》いた言葉にのんびりとした調子で疑問を呈され、小萩はびくっとして視線を前方へと向けた。

　庭のコブシの木にもたれて、誰かが立っている。

　軍服姿の青年だ。短髪で、すらりと背が高く、体格もいい。整った顔に微笑を浮かべ、楽しげに細められた目がこちらを向いている。長い脚を交差させ、ゆったり腕を組んだ姿は、伊達《だて》男っぽく様になっていた。

　花が咲く時期だったら、非常に絵になっていただろう。

　いや、外見などは問題ではない。この軍人は誰なのだ。大体、どこから、いつの間にここに入ってきたのだ。小萩が縁側に出た時には、絶対にその場には誰もいなかった。

　啞然《あぜん》としている小萩を見て、青年は唇の端を上げた。

「残念ながら、ゆっくりが許されるほど、悠長な時間はないと思うよ。それにね、あの鈍感な朴念仁は、一度ガツンとはっきり言わなきゃ通じないって」

　鈍感な朴念仁って誰。

　そう思いかけてハッとした。この声、聞き覚えがある。少し軽くて快活でよく通るので、ひそひそと囁《ささや》く程度でも小萩の耳に届いてしまう、若い男の声だ。

「幽――」

　口を丸く開き、出しかけた言葉はきちんとした単語になる前に喉の奥へと引っ込んだ。

　それよりも先に、ドタドタガッシャン、というけたたましい音が後方から響いてきたからだ。

こ、今度はなに、と驚いて振り返ると、慌ただしい足音がして、居間の襖がスパーンと勢いよく開き、司朗が中に飛び込んできた。

「し、司朗さん？」

どう見ても尋常ではないその様子に、小萩は呆気《あっけ》にとられた。いつも静かで落ち着いている司朗が、はっきりと興奮を抑えきれないような上擦った顔つきをしている。頬が紅潮し、眼鏡の向こうの目がキラキラと輝いて、まるで十代の少年のようだ。髪の毛がいつもよりも乱れて、鳥の巣のようになっていた。

「小萩さん！」

「は、はいっ」

「大変なんです、一大事です、僕はこれからすぐに出かけねばなりません。ここへは荷物を取りに戻ってきたんです、いや、こうしている間も時間が惜しい！」

「は？　あの、司朗さん、出かけるって」

「詳しく説明している暇はないんです。すみません、そのようなわけで留守をお願いします。それでは！」

「え……ええっ？」

普段とはかけ離れた早口でまくし立てられて、小萩が目を白黒させている間に、司朗はまた部屋を駆け出していってしまった。

ぽかんとしてから我に返り、慌てて追いかけたが、司朗はすでに小さな鞄《かばん》を脇に抱えて、玄関から飛び出していくところだった。

「司朗さん！」

小萩の声も聞こえないのか、司朗の後ろ姿はあっという間に見えなくなった。

まるで突風が吹いたような出来事に、小萩は茫然《ぼうぜん》とするばかりだ。しばらく戸口で立ち尽くしていたが、追いかけるのは諦めて、また家の中に戻ることにした。あの調子では、司朗を捕まえて事情を聞き出すのは不可能だろう。

廊下には、司朗の鞄から落ちたのか、靴下が片方だけ取り残されていた。あんなに急いで荷物を詰め込んだのでは、他にもあれこれと取りこぼしがありそうだ。小萩はその靴下を拾い、きちんと折り畳みながら、縁側へと戻った。

コブシの木の傍には、もう誰もいない。

全身から力が抜けて、ぺたんと座り込んだ。

一体何があったのか。司朗はどこへ行ったのか。留守をお願いと言われたが、それはどれくらいのことなのか。

何も判《わか》らない。何も言わないまま、司朗はこの家を出ていった。小萩を置いて。

放心して、ぼんやりと手の中の靴下に目を落とすしかなかった。

まんじりともせず一夜を明かしたが、司朗は帰ってこなかった。

寝所は別とはいえ、司朗がこれまで外泊することはなかったので、小萩が一人きりで夜を過ごすのはこれがはじめてだ。この時ほど、南条屋敷《やしき》の広さを恨めしく思ったことはない。

しんとした静寂が、圧迫感を伴って小さな身体を押し潰そうとしてくるようだった。明かりを点《つ》けても、闇に取り囲まれている気がする。時間が経《た》つごとに胸の中の不安が増大して、息をするだけで苦しくなっていった。

司朗はいつ帰るのだろう。……本当に帰ってくるのだろうか？

今こうしている間にも、司朗がどこで何をしているか判らない。もしも彼の身に何かあったら小萩はどうすればいいのか。いやそもそも、何かがあったとして、自分にそれを知るすべはあるのだろうか。

空が白み始めた頃になって、大学に訊《たず》ねてみれば何か判るのではないかと思いつき、ぱっと目の前が明るくなったような気がしたが、その訊ね方が判らないことに気づいて余計に落胆した。まだ普及の進んでいない電話機がこの屋敷にはあるのだが、小萩は大学の連絡先を知らないのである。司朗に聞いておけばよかったと悔やんだが、後の祭りだ。

こんな時頼れるような相手が、小萩には誰もいなかった。近所にまだ知り合いはなく、幼い頃から働きづめだったから友人もいない。養い親や親戚らは論外だ。

小萩は一人で途方に暮れるしかない。

一晩中ウロウロして、最終的に司朗が帰ったらすぐに気づける玄関先に落ち着いたが、そこでもただ待っていることしかできない自分が歯がゆくてたまらなかった。養家で言われ続けた「役立たず」という言葉が頭の中で何度も響く。実際、どれだけ不安で心細くても、小萩にできることは何もないのだった。

そして、なによりも心を抉《えぐ》ってくるのは、司朗にとって小萩の存在が、これほど軽く、ちっぽけなものであったのを痛感したことだ。

行く先も告げず、「出かけてくる」の一言だけで、ぽいっと捨て置いても構わない相手。嫌われてはいないようだと安心したが、あれは間違いだった。嫌いも好きもない。司朗にとって、小萩は「どうでもいい」人間でしかなかったのだ。

奥歯を食いしばりながら、腿《もも》に置いた手で着物をぐっと握りしめる。朝を迎え、昼を過ぎても、小萩は玄関先で座り込んだままじっとしていた。とてもではないが、何かをする気にはなれない。

もしも司朗がずっと戻らなかったら……もしも怪我《けが》でもしたら……もしも他に好ましい女性を見つけてそちらに行ってしまったら……もしも、もしも……

ぐるぐると同じようなことばかり考えているうちに、だんだん意識が朦朧《もうろう》としてきた。

そういえば昨夜から飲まず食わずだったと思い出したが、思考がそこから進まない。一睡もしていないせいもあり、頭にぼんやりと霞《かすみ》がかかっているようだ。

勝手に瞼《まぶた》が下りていく。

だんだん暗くなってきた視界の中で、

――ありゃあダメだなあ。

という、誰かの声が聞こえた。姿は見えないが、幼い子ども独特の、少し甲高い声だった。

――まったく情けないったらありゃしない。

今度は若い女性の声だ。憤然とした口調は少し高圧的である。

――イヤになるねえ。さすがにあのバカには愛想が尽きそうだよ。

聞き覚えのある男性の声は張りがあって、呆れるような言葉とは裏腹に、ちょっと笑い含みだった。きっちりした軍服姿が思い出されるが、彼はあまり厳格な性格ではないらしい。

そこまで言わなくたって……と遠のいていく意識の中で小萩はいじけた。どうせわたしはダメで、情けなくて、バカな小娘ですよ。でも、そんなに悪しざまに罵らなくたっていいじゃない。

——あら、とうとう気絶しちゃったわ、この子。

その声が聞こえたのを最後に、何もかもが暗闇に沈んだ。


「小萩さん、小萩さん」

自分の名を呼ぶ声で目を開けると、そこはまだ闇の中だった。

ぼうっとしたまま何度か目をしばたたく。自分が今どこにいるのか思い出せない。眠っているのか起きているのかもはっきりしない。肩に手が置かれ揺すられる感触で、ようやくすぐ前に誰かがいることに気づいた。

暗がりに埋没していた輪郭が、徐々に浮かび上がってくる。少し強張《こわば》った顔、寄せられた眉の下にあるのは丸眼鏡。そしてボサボサの頭……

「！」

小萩がばね仕掛けのように飛び起きたので、司朗は驚いて肩に置いていた手を引っ込めた。

「司朗さんっ！」

「は、はい」

大声を出されて摑《つか》みかかられても、司朗は怒りも逃げもしなかった。が、相当戸惑ってはいるようだ。

眼鏡の向こうの目が困ったように瞬《またた》いているのを見て、ようやく小萩もしっかりと目が覚めた。周りは夕闇に包まれて、自分が結構な長時間、気を失っていたことを知る。いやこの場合、眠り込んでいたと言ったほうが正しいか。

帰ってきた司朗は、明かりも点けずに玄関先で倒れていた小萩を見て、さぞ仰天したことだろう。

「も……戻られたん、ですか」

口から出る声は、自分のものとは思えないくらいに低く掠《かす》れていた。

小萩が倒れていたわけではない——少なくとも医者を呼ぶような状態ではないということが判ったためか、司朗は幾分かほっとしたような表情になった。

「はい、ただいま帰りました。すみません、バタバタと出発しまして」

「…………」

「実はある山で非常に珍しい植物が見つかったと聞いて、矢も楯《たて》もたまらず向かってしまったんです。僕はどうもこういうことになると堪《こら》え性《しょう》がなくて……前後の見境がなくなる、といいますか。もっとちゃんと話してから家を出るべきだったと、列車に乗ってから気づいたんですけど」

「…………」

「家族は僕のこういうところに慣れていたんですが、小萩さんは驚きましたよね。まことに面目な……小萩さん？」

「……う」

「はい？」

「うわあああん!!」

少々バツが悪そうに頭を掻《か》いて説明していた司朗は、身じろぎもせずに黙り込んでいた小萩がいきなり爆発したように泣き出したことに、心底ぎょっとしたようだった。

「えっ……あの、こ、小萩さん？　やっぱりどこか痛むんですか？」

「違います！」

「じゃあ、その、どうしました？」

「どうしたって！」

オロオロと顔を覗《のぞ》き込んでくる司朗がたまらなく腹立たしくなって、きっと睨《にら》みつける。

どうした？　どうしたって？　何を言っているのだこの人は。

今まで少しずつ膨らんで嵩《かさ》を増していることに気づかないふりをして、強引にお腹《なか》の下のほうに押し込んでいたものが、この時、威勢よく弾《はじ》けた。制御が外れて一気に外に飛び出す。

「わっ、わたしが、どれだけ心配したと思っているんですか！　あんな風に飛び出して連絡もしてこないで、なのに平然と戻ってきて！　この広いお屋敷でずっと一人で待っていたんですよ！　司朗さんの身に何かあったらどうしようって、戻ってこなかったらどうしようって、何度考えたか判りますか⁉　不安で、怖くて、心細くて、ずっとずうっと、寂しかった！　ほんとにほんとに、心配したんですからあ！」

言葉が溢《あふ》れ出てきて止まらない。わあわあ泣きながら、怒濤《どとう》のように叫び続けた。この時ばかりは司朗がどんな反応をするかなんてことも意識にのぼらず、ただもう、胸につかえたものを吐き出すことでいっぱいいっぱいだった。

最初は呆気《あっけ》にとられて大泣きする小萩を見つめるだけだった司朗は、そのうちだんだんと神妙な表情になっていった。

唇が一直線に結ばれ、大きく見開かれていた目が痛ましいものを見る目に変わる。小萩からぶつけられる言葉を、一つ一つ噛《か》みしめるようにして受け止めていた。

「……小萩さん、こちらに」

一通り思いの丈をぶちまけて口を噤《つぐ》んだが、それでもまだ泣くのは収まらない。ひっくひっくとしゃくり上げて頬を拭う小萩の小さな手を、司朗がそっと触れるように取り、そのまま促すように廊下を歩き出した。

昨日司朗が飛び込んできた居間を通り、縁側に出る。部屋の明かりに照らされたその場所に小萩を横向きに座らせて、司朗が向かいに腰を下ろした。

その時になって、小萩の頭はようやく冷えた。ぐすっと鼻を啜《すす》ると、着物の袖先でぐいぐい涙を拭う。そして自分の放った言葉の数々を思い出し、さあっと顔から血の気が引いた。

幼子のように泣き喚《わめ》き、あまつさえ司朗に対して怒鳴りつけるなんて。

小萩は慌てて姿勢を正し、床に手をついて「申し訳ありませんでした」と謝罪しようとしたのだが、その前に司朗に深々と頭を下げられてしまった。

「……すみませんでした、小萩さん」

真面目な声音で謝られ、小萩は大いに焦った。司朗はきっちりと膝の上に両手を置き、床にくっつくほど頭を低くしている。祝言の前、自分が司朗に挨拶した姿とそっくりだ。

「し、司朗さん、よしてください。ごめんなさい、責めるようなことを言ってしまって。あの、司朗さんが無事にお戻りになったことに安心して——」

「いえ、小萩さんが怒るのは当然です。僕があまりにも軽率でした」

やっと司朗は顔を上げたが、その顔はいつものような無表情に近いものではなかった。眉が垂れ下がり、口元も両端が下がっている。心なしか、あちこち撥《は》ねている髪まで、しゅうんと萎《しお》れているように見えた。

「……僕は余りものの四男坊として、ずっと長いこと家族から放置されて育ったものですから、いつの間にかそれが普通だと思い込んでいたようです。思い立ったらすぐに植物採集に出かけることもよくあって、僕がいようがいなかろうが周りも特に気にしなかったので、そういうものだろうと。でも、僕にとっては『当たり前』でも、小萩さんには違いますよね。そんなことを考えようともせず、以前と同じように行動した僕が間違っていました。本当に、すみませんでした」

そう言って、もう一度頭を下げる。「美味《おい》しかった」と言ってくれた時と同様、そのまっすぐな言葉と態度には、嘘《うそ》も皮肉もなかった。

「……司朗さん」

「今回だけでなく、今までのことも含めて謝罪します。その……実は」

司朗はそこで少し口ごもり、言い淀《よど》んだ。

「実は、小萩さんにはいずれ、この家を出ていってもらうつもりだったんです」

「えっ⁉」

続けられた内容に、しんみりした空気が吹っ飛んだ。素っ頓狂な声を上げ、口を大きく開ける。心臓をいきなり一突きされたような衝撃で、身体《からだ》が固まった。

「し、司朗さん、そんなにわたしのことが、お嫌いで」

「いや、違います違います、落ち着いて」

小萩が真っ青になってぶるぶる震え出したので、司朗は狼狽《ろうばい》したように勢いよく手を振った。

こほん、と空咳《からせき》をする。

「そうではなく、まだ十八歳の小萩さんを、この家に縛りつける必要はないだろうと思ったからです。こんな、まるで人身御供《ひとみごくう》のようなやり方で……昔はどうあれ、今はすっかり落ちぶれて、しかも変ないわくつきの旧家なんて、そうまでして守るようなものではない。僕は家の存続というものに大して興味がありませんし、自分の代で終わらせても構わないと思っています。こんなところに無理やり嫁がされた小萩さんには気の毒でしたが、なるべく早いうちに、できる限り綺麗《きれい》な状態を保ったまま元の場所に返せればと──」

なんだか一度買った商品を返品するような表現だが、大真面目な上にこれっぽっちも悪気がないのは司朗の顔を見れば判《わか》ったので、その部分は気にしないことにした。

小萩よりも十歳年上で、学者さんで、落ち着いた大人だと思っていた司朗は、どうも少々不器用なところがあるらしい。

そして同時に納得もした。それで司朗は祝言から今まで、小萩と積極的に関わろうとはせず、手を出すこともなかったのだ。

「しかしそれは、小萩さんの意思も気持ちも、まったく汲《く》むことのない、浅はかで身勝手な考えでした。人を植物と同じように扱って、心を傷つける、無神経な行動でした。昨日と今日だけでなく、小萩さんはここに来てからずっと、不安で、怖くて、心細くて、寂しい思いをしてきたんですよね」

思わぬところでさっき叫んだ自分の言葉が返ってきて、小萩は赤くなった。感情的に口から出てしまったものなので、正直、何を言ったのか全部は思い出せない。でもたぶん、だからこそ、あれが小萩の心の底からの本音だった。

本当はずっと、寂しかった——

自分でも気づかなかったそのことに、司朗のほうが気づいてくれた。

珍しい植物が見つかったと聞けば我を忘れて飛び出してしまう司朗は、実際、植物以外のことにはあまり関心がないのだろう。南条家の存続にも、人の目や外聞にも。

……でも、他人の心を慮《おもんぱか》り、思いやり、労《いた》わることはできる人だ。

ようやく、司朗の本質の一端に触れた気がする。壁がなくなったとは言わないが、小さな風穴は開いた。指が通る程度の小さな穴かもしれないが、そこから吹いてくる風は心地いいものだった。

——だったら自分のほうでも、穴を広げる努力をするべきだ。

小萩は正面から司朗と向き合い、ぴんと背中を伸ばした。

「お話は判りました。では司朗さん、わたしの事情も聞いていただけますか」

前置きをして口を開き、両親を亡くした幼い頃より誰からも顧みられることのなかった境遇と、養家での自分の立ち位置を、正直に告げた。

元の家に返されたところで、養い親は決して小萩を受け入れることはない。折檻《せっかん》されて叩《たた》き出されるのがオチだろう。そう言うと、司朗は目を丸くした。

「それと……わたしのほうでも、帰りたくない理由があります。あちらには二人の息子さんがおられるのですが、わたしが十五を過ぎたあたりから、弟さんのほうの目が……ちょっとその、怪しくなってきたと言いますか……」

この結婚話がもちあがった時、養い親たちが舞い上がる傍らで、その弟だけが最後まで大反対していた。俺が嫁を取って家を出たら小萩も一緒に来ればいい、などと言っていたことから推し量るに、どうも小萩を「タダ働きする女中および自分の妾《めかけ》」にでもするつもりだったようだ。

彼だけは小萩が出戻っても喜んで迎えてくれるかもしれないが、ぜんぜん嬉《うれ》しくない。

「ですから、この家に置いていただかないと困るんです。いえ、この家に置かせてもらうしかないんです」

小萩の話に、司朗は絶句していた。養い親からは「本当の娘だと思って大事に育てた」としか聞かされていなかったらしく、今になって知った事実に驚愕《きょうがく》している。

いや、それを言うなら小萩も同じだ。司朗が家族から放置されていたことなんて知らなかった。てっきり裕福な家で周りに愛され、何不自由なく育ってきたとばかり。

自分たちは、あまりにも互いのことを知らなすぎる。

司朗も小萩と似たようなことを考えているようで、もぞりと小さく身動きすると、難しい顔つきで口を曲げた。

「……では、小萩さんをあちらにお返しするわけにはいきませんね。でも、本当にいいんですか？　立て続けに不幸があったせいで、ここは『呪われた家』なんて言われています。小萩さんも、ここに来てからずっと怯《おび》えていたでしょう？」

「え……」

小萩は言葉に詰まった。

どちらかといえば怯えていたのは、「この家」より、「ここから出される」ということのほうだったのだが、理由はどうあれ最初からビクビクしながら過ごしていたのは本当だ。

それを悟られていたことに、今さらながら申し訳ない気持ちになった。

いつもおどおどと身を縮め、夫となった自分を不安そうに窺《うかが》う小萩を見て、司朗は何を思っただろう。

――もしかして、彼は彼で、小萩をこれ以上怖がらせないように、と考えていたのではないか。

「す、すみま……」

「いえ、いいんです。五人も死者が出たのは事実ですから、気味が悪い、怖いと思うのも無理はありません。病気と事故が続いたのは偶然でも、人はそこに誤解や誇張を混ぜて面白おかしく騒ぎ立てるものですし――しかしだからこそ、ここにいたら、小萩さん自身も奇異な目で見られることになるかもしれませんよ」

「あ、はあ……」

曖昧に頷《うなず》く。

この言い方、司朗はどうやら、この屋敷《やしき》が実際おかしいことについては知らないか、気づいていないらしい。ここで「でも幽霊はいますよ」なんて言ったら、どんな顔をされるだろう。

へどもどする小萩をどう思ったのか、司朗が、ああ、と苦笑した。

「いや、困らせるつもりはないんです。そんな性急に事を運ばなくてもいいですよね。これからのことは、ゆっくりと考えていきましょう」

そう言われ、小萩はほっとして頷いた。

そうだ、自分たちにはまだ「これから」があるのだから——

「あの、わたし、お茶を淹《い》れますね」

ようやく少し気持ちが落ち着いて、その場から立ち上がった。司朗は遠方から戻ったばかりで、そういえば自分も喉がカラカラだ。

縁側から居間へと入り、台所に向かって足を動かす。お茶を淹れるついでに、何か軽く作ろうか。今から簡単に用意できるものというと何がいいだろう。

そんなことを考えていたら、背後で小さな呻《うめ》き声が聞こえた。

後ろを振り返ると、司朗の身体が前のめりに傾《かし》いでいる。

「司朗さん!?」

小萩の口から悲鳴のような声が出た。ぱっと身を反転させ、彼のもとへ駆け寄る。

「――っ、急に、頭が……」

身を折った司朗は、苦しげに言葉を絞り出し、側頭部を手で押さえた。

つい今しがたまで何ともなかったのに、その顔からはどっと汗が噴き出している。目を強く閉じ、食いしばった歯の間から唸《うな》り声が漏れた。

「司朗さん、頭が痛むんですか!? しっかり、しっかりしてください、すぐにお医者さまを呼んできますから!」

突然のことにパニック状態になりながら、小萩は司朗の身体を支えて叫んだ。心臓が暴れすぎて、冷静にものが考えられない。医者――病院――ああどうしよう、どこにあったっけ? とにかく外に出て助けを求めなければ。

しかしそこで、ぎくりと全身が強張《こわば》った。

苦痛に耐えている司朗……のすぐ近くに、黒い靄《もや》が漂っている。

――なに、これ。

気のせいなどではない、小萩の目にははっきりと見える。

足元から震えが上った。

何かは判らないが、その黒い靄は間違いなく「よくないモノ」だった。司朗にねっとりとまとわりつくようにしているのが、たまらなくおぞましく、不吉に思える。

それを見た瞬間から、小萩は身が竦《すく》んで動けなくなった。触れてはいけない、近寄ってはいけないと、本能ががんがんと警鐘を鳴らしているようだった。早く司朗とともにここから離れなければと思うのに、足が自分のものではなくなったかのように言うことを聞いてくれない。

だがしばらくすると、その靄は徐々に端のほうからふうっと薄れ始めた。消えるというより、闇の中に同化して隠れるような、そんな感じだった。

完全にそれがなくなるまで、小萩は目を凝らして見つめ続けていた。肩で息をして、震えは止まらず、頭は熱いのに身体のほうは冷えている。小萩もまたびっしょりと汗をかいていた。

はっとして、すぐに司朗の顔を覗《のぞ》き込む。彼の手を両手で包み「司朗さん」と呼びかけると、長い息を吐き出した司朗の身体が、ゆっくりと横向きに倒れた。

「司朗さん！」

ひやりとしたが、縁側に横になった司朗はすうすうと穏やかな寝息を立てている。

どっと力が抜けて、その場にへたり込んだ。

その途端、

「とうとう司朗にも来たなあ」

「だからそう言ったじゃないの」

「むしろ今までなんの影響も受けなかったのが不思議なくらいだ」

三人分の声が間近で聞こえて、小萩は飛び上がった。

声だけではなく、いつの間にかすぐ近くに人の姿があることに気づいて、ひっと息を呑《の》む。蒼白《そうはく》になり、座ったまま後ずさったが、彼らはまったく頓着していなかった。

童水干《わらわすいかん》の男の子、赤い振袖を身につけた長い髪の若い女性、そして軍服姿の青年。

幽霊が三人も、いっぺんに！

「き……」

「まあ落ち着け」

思わず悲鳴を上げようとしたら、軍服の青年に悠然とした態度で片手を上げられて、小萩はますます度を失った。この状況下で、何をどう落ち着けばいいのだ。

「言っただろ、この鈍感な朴念仁にはガツンとはっきり言わないと、って。俺の助言を受けて上手《うま》くいったんだから、感謝くらいしてもいいと思うがね」

なぜか恩着せがましいことを言われた。

「大体いつまでもウジウジしてばっかりのあんたもいけないのよ。不満があるならさっさと夜這《よば》いでもかければよかったじゃない」

とんでもないことも言われた。

「二人ともいい加減にしろよ。小萩に返事くらいさせてやれ」

男の子がいちばんまともなことを言ったが、幽霊に名前を呼ばれて、返事なんてできるはずがない。パクパクと口を開閉させるのが精一杯である。

「いいか小萩、よく聞け」

軍服の青年が真面目な顔をぐっと寄せてきた。泡を吹いて司朗と一緒に倒れられたら、どんなに楽だろう。

「司朗のさっきの頭痛は霊障によるものだ。この本家には悪い霊が棲《す》みついていて、ああして南条の人間によくない影響を与えているんだ。このまま放っておけば、間違いなく司朗も命を縮めるぞ。俺たちはそいつをどうにかするため、ここにいる。あいつを早死にさせたくなければ、おまえも手を貸せ。俺の言ってること、判《わか》るだろ？」

判っていない。小萩はまだ何も理解していない。どうして当然のように話を進めているのだ。

「以前おれに食い物を分けてくれようとしたよな？　おれたちの姿が見えて、言葉も交わせる人間は、小萩がはじめてなんだ。なあ、おれたちに協力してくれよ」

ああ、やっぱり幽霊に話しかけたりするのではなかった。

「反論は許さないわよ。司朗が死んだらあんたなんて、即刻この家から追い出されるだけなんだから。それは困るんでしょ」

もちろん困るが、それとこれとは別ではないか。

小萩は今にも離れていきそうな意識を必死で引き戻して、震えながらおそるおそる口を開いた。かろうじて理性を残しておけたのは、幽霊とはいえ、この三人には、さっきの黒い靄がまとっていた不気味なものを一切感じなかったからかもしれない。

「よ、よく判らないんですが、この家には悪い霊がいて」

「そうだよ」

「また司朗さんを苦しめるかもしれなくて」

「そうね」

「……で、わたしにそれをどうにかする手伝いをしろと」

「そのとおり」

「無理です！」

悲鳴を上げたら、「うるさいわね、無理でもなんでもやるのよ！　やりなさい！」と振袖の女性に凄《すご》まれて命令された。理不尽だ。

「だ、だって、わたしにはなんの力もないのに！　わたしは本当に、『見える』だけなんです！」

「だから、その『見える』というのが重要なんだよ」

軍服の青年に、即座に切り返された。

「司朗には俺たちが見えないし、いくら忠告しても聞こえない。このままだと何も判らず、ただ悪い霊の餌食になるだけだろう。それで南条家もおしまいだ。小萩、あいつとこの家を救えるのは、おまえだけなんだぞ」

真剣な口調で言われて、小萩は「そんな……」と弱り果てた。

自分には無理だという当惑と、司朗がまたあんな目に遭うのかもしれないという不安で、ぐらぐらと心が揺れる。

霊を見ることができるのが小萩だけなら、確かにそれを阻止できるのも小萩だけということになるが……

口を結び、昏々《こんこん》と眠り続ける司朗のほうに視線を移した。

――南条家の存続には興味がない、自分の代で終わらせてもいい、と言っていた司朗。もしも彼がこのことを知ったらどうするだろう。この三人のように、小萩になんとかしろと迫ってくるとは思えない。むしろさっさと小萩をこの家から出して、自分はあっさりと死んでしまいかねない。

司朗は他人を思いやることはできるのに、自分自身のことは蔑《ないがし》ろにしているような気がしてならなかった。それが彼の過去に立脚しているのだとしたら、とても哀《かな》しいことに思える。

四男だから、上に三人も兄がいるからと、いてもいなくても家族から気にされず、草花を友として育ち——そして最後には一人ぼっちで霊に取り殺されるなんて、そんな人生の終え方をしていいはずがない。

初夜もまだ迎えていないが、それでも小萩は司朗の妻なのだ。

「……わたしに、何か、できることがあるのなら」

小萩は拳を握ると、三人に向き直り、心を決めてそう言った。

第二章　育むもの

翌朝になって目を覚ました司朗《しろう》は、すっきりした顔をしていた。

どちらかといえば、小萩《こはぎ》のほうがげっそりだ。縁側で寝入ってしまった彼を小萩一人の力で運ぶことは不可能で、仕方なく枕と布団のほうを持ってきて、近くで見守るようにずっと起きていたからである。

もちろん、げっそりの理由はそれだけではない。

「面倒をかけてすみませんでした。疲れが出たんですかね」

司朗は昨夜のことを「話している最中に気分が悪くなって寝てしまった」と認識しているらしく、少し恥ずかしげに頭を掻《か》いた。

「そ……そうかもしれません、ね……」

小萩はそう答え、なんとか顔にぎこちない笑みを浮かべることに成功した。背中をたらたらと冷や汗が伝っていく。

視線を「そちら」に向けないよう、とてつもない努力を要した。気になってしょうがないが、司朗にそれを悟られるわけにはいかない。どうしよう、胃がキリキリしてきた。

だって、いるのである。

向かいにいる司朗のすぐ後ろに、三人の幽霊が。

「ほんとに面倒なんだよ、司朗はダメだなあ」

「これが南条《なんじょう》の現当主だなんて情けないったら。威厳を持ちなさい威厳を」

「このバカはまったく世話が焼ける。もっと女の扱いを勉強しろ」

三人は司朗の背後に並んで座り込み、さっきからずっと渋い顔で悪態をついていた。しかも「ダメ」「情けない」「バカ」と、どこかで聞いた罵り言葉ばかりだ。

言いたい放題されているのに、司朗はそちらに視線を向けることも、表情が変わることもなかった。すぐ真後ろにいるのに本当に何も見えず、何も聞こえていないらしい。小萩はヒヤヒヤしながら、何食わぬ顔を保つため、忍耐を絞り尽くした。

幽霊が夜だけに限って出るものではないというのは小萩も経験上判っているが、それにしたってこうまで堂々とした幽霊は、見たことがない。朝陽《あさひ》のせいか、昨夜見た時より少し身体《からだ》が透き通っているものの、それでも今まで遭遇したどの霊よりも姿がくっきりとしていた。

これが見えないのなら、そりゃ悪い霊なんて見えないだろう。

司朗はそのまま幽霊たちの存在を無視して、今日は大学に行かなければならないと慌ただしく食事をとって出かけていった。

「小萩さん、昨夜の続きはまた次の機会に」

それに頷《うなず》いて彼を見送り、小萩は大きな息をついた。


司朗がいなくなってから、小萩は改めて幽霊たちと向き合った。

彼らはそれぞれ落ち着いた態度で、自らを名乗った。水干の男の子が陸《ろく》、振袖を着た女性が美音子《みねこ》、軍服の男性が新之輔《しんのすけ》というらしい。

幽霊相手に茶を出すわけにもいかず、どこから話を始めたらいいものか迷う。とりあえず、最初に疑問に思ったことを訊《たず》ねてみることにした。

「皆さんはその……ずいぶん出《い》で立ちがバラバラのようですが」

三人は互いに面識があって交流もあるようだが、幽霊になってから知り合ったのか、もともと関係があったのか、そこからしてよく判らない。陸の衣服はボロボロなのに美音子の着物は実に高価そうで、年齢も恰好《かっこう》も雰囲気も統一感がないというか、やけにチグハグだ。

「あー、これは俺たちが死んだ時に着ていた服装でね。俺だって軍服なんて窮屈な姿でいたくはないんだが、白装束よりはマシかな」

新之輔が苦笑いをした。

「バラバラなのは、俺たちは生きた時が違うからだ。ロクなんて嘉永《かえい》生まれだとさ」

「かえい……」

「江戸《えど》時代ってこと。幕末の頃だな」

「江戸時代⁉」

小萩は驚愕《きょうがく》した。

「おれが生まれる一年前に、ペリーのやつが日本に来たらしいぞ。大人たちはいつも、徳《とく》川《がわ》が、朝廷がって大騒ぎしてた」

なんでもなさげに陸が言うのを聞いて、ますます驚く。自分よりも小さな子どもがずっと昔のことを経験として語るのは、ひどく不思議な心持ちがした。

「その点、私は明治生まれだもの。文明開化でそりゃあ華やかな時代だったわ。おうちは立派な洋館で、こんな貧乏くさい日本家屋とは大違いよ」

後ろに長く垂らした束髪を手で払い上げて、美音子がつんと鼻を持ち上げて続ける。頭に飾ってある大きなリボンがよく目立っていた。

「美音子さんは、おいくつなんでしょう」

「十七よ、悪い⁉ それから私のことは『美音子さま』と呼ぶように。いいわね⁉」

年齢を聞いたらなぜか嚙《か》みつくように怒られた。居丈高に言いつけられて、小萩は押されるように「は、はい」と返事をした。

「ロクは八歳、そして俺は二十二歳。この場合、享年と言ったほうが正しいな」

新之輔が補足してくれたが、その口から出てきた享年という言葉に胸を衝《つ》かれた。今さらなのかもしれないが、彼らの年齢とはつまり、その幼さ若さで亡くなったという、いたわしい現実を示しているのだ。

目を伏せた小萩を見て、新之輔はもう少しだけ苦笑を深くした。

「俺も明治生まれだが、大正育ちというところだな。いろいろゴタゴタとした揉《も》め事が多かった頃でね、ちょうど俺が死んだ年に第一次世界大戦が終結した」

彼の軍服は、そのような世情を反映しているのだろう。しかしこの口ぶりからして、戦死したというわけではなさそうだ。かといって、どうして亡くなったのですかと本人に訊ねるのも憚《はばか》られる。

「それであの……この家には悪い霊が棲《す》みついているということでしたが……」

「そう。俺たちのような真っ当で心優しい幽霊とは違って、災いを起こし人に害をなす、そういう類《たぐい》のやつだ」

「では、先代さまたちは」

「直接の死因は病気と事故だが、そこに至るまでに悪い霊の影響を受けていたとしたら、それは普通の死とは違う。怪異現象や霊障が続けば、人は健康な肉体と正常な判断能力を保つのは難しいだろう？」

小萩はぶるっと身震いをした。昨夜の司朗の苦しみ方を思い出し、恐怖心がぶり返す。

「司朗だけはなぜかこれまで、そういう影響をまったく受けていなかったんだがな。まあ、あいつの場合、並外れて鈍感だとか、植物にしか目が向かない変人だとか、そういう理由があるのかもしれん」

なんだかひどい言われようだ。司朗さんに失礼だわ、と小萩は内心でむくれた。

「皆さんは、その悪い霊をどうにかしようとなさっているのですね？」

「そういうこと」

「そこには、一体どのような事情があるのでしょう」

その問いには、一拍の間が空いた。少しして、新之輔が指で唇の端を掻く仕草をする。

「あー……それは、あれだよ、南条の人間として、この事態をただ傍観しているわけにはいかないだろ？」

小萩は「えっ」と目を瞠《みは》った。

「南条の人間？」

「ん？　言ってなかったか？　俺たちは全員、南条の血筋だ。ちなみに司朗の母親は俺の腹違いの妹だから、俺はやつの伯父にあたる。俺が生まれた時にはすでに故人となっていたが、美音子は俺の叔母上だ。ロクは美音子の叔父……ということになる、かな？　俺と美音子は華族だが、ロクはお公家《くげ》さまだぞ」

新之輔のその説明に、陸と美音子はそれぞれイヤな顔をして、「叔母上なんて呼ばないでよ！」「おれは別に正式な血筋ってわけじゃ……」と異議を申し立てた。

そうか、だから陸は公家の水干姿なのだ。美音子が言っていた「洋館」というのは、先代当主がこの家を買い取る前に住んでいたという、東京の豪邸のことだろう。

「そうですか……皆さん、司朗さんと縁続きの、本家の方だったのですね。それでご心配になって、司朗さんを守るためにいらっしゃったと」

ようやく腑《ふ》に落ちて、小萩は深く頷いた。

司朗は南条本家の最後の一人である。お家断絶の危機を見過ごせず、三人は警告を発するため現世に立ち戻った、ということか。守護霊が血縁者なら心強い。

幽霊たちはちらっと互いの顔を見合わせた。

「……ま、そういうわけだ」

咳払《せきばら》いをして新之輔が目を逸《そ》らす。

「それでは、どうぞ教えてください。司朗さんをお助けするために、わたしはどうしたらいいのですか」

ここからが核心だ。小萩は膝を揃《そろ》えて身を乗り出したが、三人は気まずげな顔になった。

微妙な空気が流れて、ん？　と首を傾《かし》げる。

「うん……それはだな」

「はい」

「これから考えるんだ」

　は？

「……あの、悪い霊が現れたらどうすればいいのか、とか、どうやって追い返せばいいのか、とか……何か対処法をご存じなんですよね？　退治に必要な道具などがあるなら、どうにかして手に入れますから」

「あんたバヵね。そんなものを知っていればとっくにどうにかしてるわよ。第一、私たちは強く念じれば物を少し動かせる程度の力があるくらいで、直接触れることもできないのに、退治の方法なんて判《わか》るわけないじゃないの」

「小萩はそのための協力者だろ。そういうのを調べるのが仕事なんじゃないか」

「えええ……！」

　美音子に喰《く》ってかかられ、陸にはきょとんとされて、小萩は衝撃を受けた。前のめりになっていた身体が、今度は後ろへと仰《の》け反《ぞ》ってしまう。

「み、皆さんはそれをわたしにご教示されるために、神仏があの世から遣わした存在なのでは？」

「神や仏が助けてくれたら苦労しないよ」

「身も蓋もない！」

「とにかくだな、司朗の周りで何か異変が起きないか、よく見ていてくれ。外に出ている時は大丈夫だと思うが、家の中は要注意だ。いいな？」

「それで異変が起きたら、どうすればいいのですか」

「その時は……頑張れ」

「そんな無責任な！」

小萩は仰天して叫んだが、三人は「じゃあな」と言うと、そそくさと姿を消してしまった。守護霊のくせに、小萩に押しつけるだけ押しつけて逃げたのである。さすがに幽霊だけあって、彼らは自分の意志で現れたり消えたりできるらしかった。

「どうしたらいいの……」

結局、肝心のところがさっぱり判らない。小萩は頭を抱えた。

＊＊＊

それ以降、司朗の頭のあたりに目をやるのがすっかり癖になってしまった。

いつまたあの黒い靄《もや》が現れるのかと思うと、気が気ではない。そして実際に現れてもどうしたらいいのか判らないので、そういう意味でも生きた心地がしない。

寺か神社でお祓《はら》いをしてもらったらどうだろう、と考えたが、そのためにはまず司朗を説得しなければならない。不幸が続いたからという理由だけで、学者らしく理屈を重んじる彼を納得させられるとは思えなかった。

それになんとなくだが、お祓いはあまり有効な手段ではないような気がする。なにしろ幽霊自身が「神や仏が助けてくれたら苦労しない」などと罰当たりなことを言うのだから。

その彼らは時々姿を現すものの、「今のところは何もないか」という確認をするだけで、依然として助言は一切してくれない。そんなことを小萩に聞くくらいなら、ずっと司朗についていてくれればいいのにと思うが、彼の傍で三人を見かけることはなかった。

「あの……小萩さん、僕の頭がどうかしましたか」

心の中でうんうん唸《うな》って考えていたら、司朗に訊ねられてハッとした。

朝食の皿を卓袱台《ちゃぶだい》の上に並べながら、気づかないうちに司朗の頭のあたりを凝視していたらしい。怪訝《けげん》に思われるはずだ。赤くなって「ごめんなさい、なんでもないです」と謝った。

司朗は自分の頭に手をやった。

「そんなに気になりますか、この髪」

「え……」

「これでも一応櫛《くし》で梳《す》いてはいるんですが。それだけではなかなか撥《は》ねが直らなくて」

どうやら小萩の視線の理由を誤解したらしく、困ったように言う。櫛で梳いてこの状態なんだ……とちょっとびっくりしたが、そんなつもりではなかったと慌てて弁明した。

でも、やっぱりご本人も、気にしてはいたのね……

「お水で濡《ぬ》らしてからお手入れされるといいかもしれませんよ」

「さて……それだけでこの頑固な髪が言うことを聞いてくれるかどうか」

「では後で、髪の毛を服従させるお手伝いさせていただきますね」

笑いながらそう言って、茶碗《ちゃわん》にご飯をよそった。さあどうぞと司朗の前に置き、いつもどおり、給仕のため傍らで待機する。

司朗は少し考えるような顔で並べられた碗と皿を見て、小萩のほうを振り向いた。

「小萩さん、以前から思っていたんですが」

「はい？」

「小萩さんは、僕と食事をするのが嫌なんでしょうか」

そんなことを確認されて、目を丸くする。「まさか」と急いでぶんぶん頭を振ると、司朗は少しほっとしたように目元を和ませた。

「ですよね。はじめのうちはそうなのかなと思っていたんですが……だったら、小萩さんもここに座って食事をとりましょう」

「えっ……で、でも」

小萩はうろたえた。

家の主人と同じ卓について食事をするというのは、養家で教え込まれた「決して許されないこと」のうちの一つだ。たくさんあるその決まりから外れた途端、ぴしりと物差しで叩《たた》かれた背中の痛みが思い出される。

「あちらの家ではどうだったか知りませんが、ここでは家の者は同じ時間、同じ場所で食事をします。食事の席でも確固とした上下関係があって、それはそれで苦痛な部分もありましたけどね。小萩さんにはなるべくそのような思いはさせませんから、一緒に食べませんか」

穏やかに諭すような声だった。決して強圧的ではない分、それ以上抗《あらが》えない。

小萩はおろおろしながら台所に行って、自分の碗《わん》と箸を持ってきた。

「小萩さんの分の焼き魚は？」

「あ、あの、わたしはいつも、朝はご飯とお味噌汁《みそしる》だけで」

その返事に司朗はほんのわずか片目を眇《すが》めたが、すぐに表情を戻した。

「では、ここにあるのを半分ずつにして食べましょう。夜はちゃんと小萩さんのお菜も、僕と同じものを同じだけ、用意してくださいね」

「は……はい」

ということは、夕飯も司朗とこうして差し向かいで食べるのか。座っているのにふわふわ浮いているような、変な気分になった。

はじめて司朗と共にした食事は、正直言ってほとんど味がしなかった。ご飯を口に運ぶのも、汁を飲むのも、一つ一つが妙に恥ずかしい。小萩は特に礼儀作法が身についているわけではないので、司朗の前で何か粗相をしやしないかと、ハラハラしどおしだった。

「……このきゅうりの漬物はいい味ですね」

小萩の緊張が伝わったのか、あるいはこの空気が居たたまれなくなったのか、珍しく司朗が口火を切った。

「あ、ありがとうございます。きゅうり、お好きですか」

「緑色のものは、大体好きです」

真顔で返ってきた答えに、つい噴き出してしまった。色で好き嫌いを決めるとは、よほど植物が好きなのだろう。

「では、これからなるべく食卓には緑のお野菜をお出ししますね。ほうれん草とか、小松菜とか、春菊とか……あとは、ええと」

「店で手に入るものばかりではなく、野草の中でも食べられるものは多いですよ。僕は食べられるものはなるべく食べるようにしています」

「野草、ですか」

「有名なところでは、たんぽぽ、ゆきのした、つくし、はこべ、おおばこ、あたりですかね。他には、げんげ、のびる、いたどり、よめな、ぎぼうし……」

司朗の口からはあまり馴染《なじ》みのない名前までがすらすら出てくる。それをすべて食べたことがあるのか、と小萩は感心した。

「美味《おい》しいのですか？」

「この場合、生の息吹を感じる草花を自分の中に取り込むという行為そのものが重要なのであって、味はあまり問題ではないんです」

何を言っているのかよく判らない。

「げんげって、変わった名前ですね」

「あ、レンゲ、いやレンゲソウと呼んだほうが判りやすいですね。マメ科ゲンゲ属に分類される植物です。レンゲソウのレンゲって、蓮華《れんげ》と書くんですよ。実際の『蓮《はす》の華』は仏の花ですから、直接的な表現を避けるためにげんげと呼ぶようになったという説があります。蜜源植物として有効利用されることが多いんですが、他にも緑肥になったり、牧草として栽培されたりして――」

こと植物のことになると、司朗は饒舌《じょうぜつ》だった。いきなり飛び出していったあの時のように目を生き生きさせてつらつらと述べ、不意に我に返ったように言葉を切る。

「……いや、すみません。つい調子に乗って退屈な話を」

きまり悪そうな顔で謝られて、小萩はきょとんと目を瞬《またた》いた。

「なぜですか？　とても面白かったですけど。わたしはあまり学がなくて、難しいお勉強は理解できませんが、司朗さんのお話は判りやすくて楽しいので、もっと聞かせてほしいです」

専門で学んでいる人に対して「楽しい」は失礼かなと思ったが、素直に思ったままを言葉にすると、司朗は少し驚くような顔をした。

「そうですか……身内はみんな、僕が植物に夢中になるのを嫌がっていたもので。野草を食べるのも『そんな卑しい真似《まね》を』と渋い顔をされましてね。……面白いと思ってもらえたなら、嬉《うれ》しいです」

そう言って、口元を柔らかく緩めた。

――あ、笑った。

今までも時々苦笑じみたものは浮かべていたが、こんな微笑《ほほえ》みははじめて見る。普段は生真面目でとっつきにくそうな司朗の堅い雰囲気が、そうやって表情を崩すと、ふわりと優しいものになった。

小萩は思わず片手で左胸を押さえた。こうしていないと大暴れする心臓が転がり出てきそうだ。

「えっと……あの、わ、わたしも嬉しかったですよ。司朗さんが、かぼちゃの煮物を美味しいって言ってくださった時」

あたふたと場を取り繕うように返した小萩に、司朗は「そうですか？」と目を瞬いた。

少し考えてから、おもむろに味噌汁を一口啜《すす》り、コトンと椀を置いて、厳かに告げる。

「……この大根の味噌汁も、大変美味しいです」

その後、魚を食べては「美味しいです」、ご飯を食べては「美味しいです」と律義に言う司朗に、たまらなくなって小萩は顔を伏せた。

十も年上の人にこんなことを思ってはいけないと判《わか》っている。判っているが、だがしかし、思ってしまうのはどうしようもない。

司朗さんって、可愛《かわい》い……！


司朗を送り出し、午前中の家事を一通り終えてから、小萩は縁側に腰を下ろした。

朝の出来事、特に司朗の笑った顔をしみじみと反芻《はんすう》し、ほうっと息をつく。

心なしか、ここから見える庭木の緑も小萩と一緒に喜んでくれているようで、我ながら現金だなと笑ってしまった。これまでは、立派な眺めに尻込みしてしまう気持ちのほうが勝っていたのに。

「しまらない顔しちゃって。まったくあの風采のあがらない植物バカの、どこがいいのかしら」

つんけんした声が聞こえたと思ったら、すぐ横で美音子が腰に両手を当ててこちらを見下ろしていた。「きゃっ」と驚いて飛び上がった拍子に、縁側から落ちそうになる。

「み……美音子さま。いきなり近くに出てくるのはやめていただけませんか」

「しょうがないじゃないの、足音を立てられないんだから。私の気配を感じ取れないあんたが悪いのよ」

相変わらず理不尽な責任転嫁をして、美音子はふんとそっぽを向いた。その赤い振袖の裾からちゃんと足は見えているものの、床につくわけではなく少しだけ宙に浮いている。

そして、影がない。

「他のお二人はいかがされましたか」

「知らないわ。私たち、いつも一緒にいるわけじゃないもの。それにこうして姿を見せるのって、疲れるのよ」

「疲れる……」

だから司朗を見守り続けることが難しいのだろうか、と小萩は考えた。

「では、消えている間はどうされているのですか？」

「さあね」

余所《よそ》に顔を向けたまま投げやりに答えられたが、それは不機嫌だからというよりも、本当にそれ以外言いようがないから、ということらしかった。

「自分でも、よく判らないわ。眠りについているような感じよ。最初のうちは意識がハッキリしていたけど、時間の経過とともにどんどん曖昧になってきて……気づいたらいつの間にか、こんなにも経《た》ってしまっていた」

どこか遠くに視線をやりながら半分以上独り言のように呟《つぶや》かれた言葉に、小萩は首を傾《かし》げた。まるでずっと前からいたような言い方だが、彼らは数年前の先代たちの死で危機感を覚え、あの世から戻ってきたのではないだろうか。

「あの……」

疑問を口にしようとしたら、美音子がくるっと勢いよくこちらを向いた。

「そんなことはどうでもいいのよ！　あんたよ、あんた！」

「は？　わたし？」

「そうよ！　前からずっと言いたかったのよ！　あんたね、仮にもこの南条家に嫁入りしたんだから、もうちょっとまともな恰好《かっこう》したらどうなの!?　その地味で貧乏くさい着物、あの司朗と並ぶとまるで書生と女中よ、みっともない！」

「書生だなんて……司朗さんはご立派な学者さんで、大学の先生です」

「なに言ってんの、たかが冴《さ》えない非常勤講師じゃないの。それに私だけじゃないわよ、新は『ボーッとした顔が眠り猫そっくり』って言ってたし、ロクでさえ『いっつもふわふわしていてクラゲみたい』って言ってたわ」

なぜ揃《そろ》いも揃ってそんな散々なものに喩《たと》えるのか。司朗はボーッとしているのでも、ふわふわしているのでもない、いつもおっとりして泰然と構えているのだ。

「あれが今の南条家当主だなんて嘆かわしい。私のお父さまはもっと風格のある名士でいらっしゃったわよ。何度も洋行されていて、お帰りの際には、いつもたくさんのお土産をくださったわ。外国の可愛らしい人形とか、素晴らしい挿絵の入った本とか、精巧な造りのオルゴールとかね」

「わあ」

誇らしげな美音子の自慢話に、小萩は目を輝かせた。外国の人形に本にオルゴールなんて、小萩にとっては遠い世界の話である。想像するだけでわくわくしてくる。

その反応に気を良くしたようで、美音子はさらに胸を張り、ふふんと笑った。

「お父さまの好みで、我が家では食事も洋風のものが多かったのよ。ビフテキとか、パンケーキとかね。あんたパンケーキって知ってる？　食べたことないでしょう。とってもふわふわして甘くって、そりゃあもう絶品なんだから！」

「パンケーキ……」

名前からして美味しそうだ。美音子の口から出てくるのは、かつてのこの国のことのはずなのに、キラキラした異国の話のように聞こえた。

「ドレスも作っていただいたわ。夜会にご招待された時に着るの。贅沢《ぜいたく》な白綸子《りんず》のバッスルドレスでね」

「バッスルドレスとはなんですか？」

「腰から下のお尻部分が大きく膨らんだドレスよ。裾は床を引きずるくらい長く、ふんだんに布が使われて、たくさんついたフリルが素敵なの。鹿鳴館《ろくめいかん》で踊る女性たちは、みんなそういうドレスを着るわ」

「外国のお姫さまみたいですねぇ」

「そうでしょう？　それに家ではいつでも振袖よ。だって働く必要がないんですもの。私のこの着物はいちばんのお気に入りで、かの――」

そこで唐突に、美音子は言葉を切った。

それまで嬉々《きき》として華やかな生活について話していたのに、急にその顔からぷっつりと感情が消失した。美しい少女であるだけに、能面のような顔になると、それこそ彼女のほうがよくできた人形のよう見える。

いきなり動きを止めて黙り込んだ美音子に、小萩は戸惑った。

「美音子さま、どうされました？」

心配になって声をかけると、美音子はハッとしてまた尊大さを取り戻し、眉を吊《つ》り上げた。

「……別になんでもないわよ！　だからその、私が言いたいのは、もっと南条家の人間らしくしなさいってことよ！　いいわね!?」

一方的に話を切り上げると、美音子は姿を消してしまった。

＊＊＊

半月以上経っても、司朗の近くにあの黒い靄《もや》が再び現れることはなかった。

ずっと神経を張り詰め続けていた小萩にとっては、少々拍子抜けだ。幽霊たちが脅かすようなことばかり言うから、疑心暗鬼になりすぎていたのかもしれない。

肝が冷えるような恐ろしい体験も、日々のことに追われていると少しずつ薄れていくもので、今となってはあの時見えた黒い靄も、もしかしたら目の錯覚ではなかったかと自信がなくなるくらいだった。

幸い、司朗との関係は以前よりもずっと良好になりつつある。あちらも改善しようと努力しているのか、会話を交わすことが多くなった。

小萩の拙い話しぶりでも、司朗はいつも真面目に耳を傾けてくれる。毎日家にいる小萩の話は他愛のない内容がほとんどだが、それでもきちんと相槌《あいづち》を打って、時には質問してくることもあった。逆に司朗の話は「花びらの枚数には規則性があって、葉のつき方は数列で表せる」などという難解なものになったりしたが、それでも小萩は毎回身を乗り出して興味深く聞いた。

今まで誰かとこんなにお喋《しゃべ》りしたことがない。そもそも、自分の話をまともに聞いてくれるような人は周りにいなかった。

嬉しくて、楽しくて、こんな日々がずっと続くといいのに、と思わずにいられない。

未《いま》だ夜は別のままだが……きっと、そんなに慌てる必要はないと司朗は考えているのだろう。自分たちはようやく、歩み寄りを始めたところなのだ。

そんなわけで若干のんびりした気分を取り戻した小萩は、よく晴れた午後、庭でせっせと草むしりに精を出していた。

「ううん……やっぱりダメね……」

ため息をついて、目の前の低木を眺める。

以前気になった南天は、どうも日に日に状態が悪くなっていくようだ。この屋敷《やしき》に庭師が入るのは夏と冬の年二回なのだそうで、夏の剪定《せんてい》作業は盆前に終わったから、次は正月前ということになる。それを待っていたら、おそらく手遅れになってしまうだろう。

虫がついているのではないか、水が足りないのではないか、日光が当たらないのではないかといろいろ考えて試してみたのだが、一向に元気になる様子がない。

奇妙なのは、病気であるなら葉や幹に白斑などの異常が現れるものではないかと思うのに、どれだけ観察してもそういうところは発見できないことだった。

ただただ、徐々に葉が枯れていくのである。今ではもう、緑色の葉は全体のうちの半分くらいにまで減ってしまった。

「やっぱり司朗さんに聞いてみようかな……」

司朗の手を借りることはなるべく避けたかったが、彼なら樹木の病気にも詳しいだろう。できればまた元気になって、花と実をつけてほしい。

幸い今日は司朗が家にいる。時間があるようなら後で話してみようか——と思った時、

「南天か」

と、すぐ傍らで声が聞こえた。

きゃあっ、と声を上げて振り返ると、今度そこにいたのは軍服姿の新之輔だった。

「もう……！　いきなり出てくるのはやめてくださいと言ってるのに！」

「幽霊ってのは前触れもなく登場して驚かせるもんだ。そう膨れるなって、可愛い顔が台無しだぞ。小萩は笑顔のほうがよく似合う」

まったく悪びれずに唇の片端を上げる。さらっとそういう気障《きざ》な台詞《せりふ》を吐くあたり、彼はいかにも女性慣れしていそうだ。伯父というわりに、新之輔と司朗はちっとも似た部分がない。

「この間、美音子と話したんだって？　あいつのことだから、ずけずけときついことを言ったんじゃないか？」

「地味だとか貧乏くさいとかは言われましたけど」

本当のことなので別に気にしてはいない。それに、養家の人々と比べると、美音子の言葉は多少きつくても毒がないので、あのつんけんとした態度が逆に微笑《ほほえ》ましいくらいだった。

「美音子が生きていたのは、南条が最も豊かで権勢を振るった頃だからな。乳母日傘《おんばひがさ》で育てられて、すっかり傲慢になっちまったんだろう。南条家の人間であるという自負が強く、自尊心も高い。華族の嫌な部分や裏事情も知らずに、自分は特別だと思い込んでいる生粋のお嬢さまだよ」

口の上手《うま》い新之輔は、同時に皮肉屋でもあるらしい。肩を竦《すく》めてそんな評価を下す彼の目は、どこか妙に醒《さ》めていた。

「ですがそういう新之輔さまも、南条家を大切に思われているのではないですか？　だから今の当主である司朗さんを守るために、ここにいらっしゃるのでしょう？」

「俺は……」

新之輔はそこで言葉を濁し、視線を横に流した。

「——小萩、南天は昔から縁起木とされていることを知ってるか？」

唐突に変わった話題に、小萩は一瞬ついていけなかった。

「縁起木、ですか？」

「そう。南天、つまり『難を転じる』だからな。庭の鬼門、北東の方角に植えれば魔除《まよ》けになると言われる。この屋敷の元の持ち主がそのつもりで植えたのか、それとも司朗の父親が植えたのかは知らないが……いや、おそらく前者だろうな、先代当主はそういうのを信じるような性格じゃなかったから」

「魔除け……」

小萩は呟き、その意味を改めて考えて、ぞっとした。この家を守るための魔除けとして植えられた南天だけが枯れかけている。それは――

「俺もこういうのは迷信だと思っていたんだがね。しかし実際にこうして目にすると、そうも言っていられないな。これはおそらく、悪い霊が力を増しているというしるしだ。今までのように徐々に弱らせるようなやり方じゃなく、もっと直接的な手段に出るかもしれない。気を抜くなよ、小萩」

新之輔に真顔で警告されて、頭から水を浴びたような気分になった。

屋敷に巣食う悪い霊の影響力をこの南天が示しているのだとしたら、葉がすべて茶色くなってしまった時、一体どんな事態になるのだろう。

「小萩さん？　庭ですか？」

建物のほうから聞こえてくる声に、びくっと身じろぎした。

「は、はい！　今、まいります！」

司朗が呼んでいる。慌てて返事をしてちらっと横を見たら、新之輔はもういなかった。

小走りで戻ると、和服姿の司朗が袖手をして縁側に立っていた。近くまで来た小萩を見て、少し眉を寄せる。

「なんだか顔色が悪いようですが……どうかしましたか？」

「えっ、そ、そうですか？　ここは陽が当たるからそう見えるだけですよ、きっと」

いけない。例の大泣き以来、司朗は小萩の変化に気をつけている節がある。不安を表に出したら、不審がられてしまう。

「体調が悪いのではないですか」

「いえ、まったく！　元気いっぱいです！」

笑みを浮かべて胸を叩《たた》くと、司朗はなんとか納得してくれたようだった。

「ならいいんですが……それでは、外に出ても大丈夫ですか？」

「もちろん！　何かご入用ですか？　すぐに買ってまいりますので」

襷《たすき》掛けにしていた袖を戻しながらそう言えば、司朗が「いやいや」と手を振った。

「そうではなく、僕と出かけてほしいんです」

「はい、承知しました！　司朗さんと……え」

手を止めて、目を見開く。今、なんて？

「このあたりをまとめている世話役さんがいるんですが、祝言を済ませたという報告をまだしていなかったもので、今日お伺いしようかと。一応、手土産は用意しておきましたので」

「あ、ああ、はい、そうなんですか。判《わか》りました」

司朗とお出かけ、という言葉で一瞬浮かれてしまった自分が恥ずかしくなり、こくこくと頷《うなず》いた。赤くなってきたのを隠すため、両手でぺちぺち頰を叩く。

「……どうしました？」

「いえ、季節外れの蚊がいたようで。それでは、ちょっとお待ちいただけますか」

「ゆっくりで構いませんよ。支度が終わったら声をかけてください」

司朗はそう言ってくれたが、小萩は急いで裏に廻《まわ》り、まずは手と顔を洗った。盥《たらい》の水面を覗《のぞ》き込み、ほつれていた髪の毛を整える。手土産の他に必要なものはあるかな、とバタバタ走り回っていたら、

「あんたまさか、そのままの恰好《かっこう》で行くつもりじゃないでしょうね？」

と、またも唐突に現れた美音子につけつけした口調で言われた。

つんのめって転びそうになったが、今回は声を出さずに済んだので、小萩も多少は慣れてきたらしい。

「えっ……と、着替えたほうがよろしいので……ですよね、やっぱり」

一日のうちに着ているものを替えるという習慣が小萩にはないのだが、考えてみればさ

っきまで草むしりをして裾には土汚れがついているわけだし、このままではきっと失礼にあたるだろう。

「すぐに着替えます」

「待ちなさい、何に着替えるつもりなのよ。今着ているものと代わり映えのしない着物だったら意味がないのよ、判ってる？」

「といいますと」

小萩は顔を下に向け、今自分が着ているものを見下ろした。

平織《ひらおり》の木綿で、藍色の地に縞《しま》模様の着物。

地色が茶か紺か、模様が格子か絣《かすり》かという違いくらいはあるものの、小萩の普段着は大体これと似たり寄ったりである。

「んもう、じれったいわね！　いいこと？　世話役のところに行くってことは、あんたが司朗の妻だと正式に紹介するってことに決まってるでしょう！　その嫁が女中みたいな恰好してちゃ、あらぬ噂《うわさ》が立つわよ！　あんたは南条の名に泥を塗る気⁉」

「司朗さんの妻……」

ボンヤリと繰り返してから、ぱっと顔を赤らめる。今までそんなことは一度もなかったので、まったくピンとこなかった。司朗はなるべく早く小萩をこの家から出すつもりだったから、そのせいもあるのだろう。

それが、正式に紹介してくれるということは……

ぎゅっと両手を組んで目を閉じ、じんわりと胸に広がる喜びを噛《か》みしめたのは三十秒ほどだろうか。小萩はすぐに現実に立ち戻って「あっ」と焦った声を上げた。

「だ、だったらもっとちゃんとした着物にしないと！」

「だからそう言ってるでしょ！　気づくのが遅いのよ！　あんた、他に着物は⁉」

美音子が叱りつけるようにぴしぴし言う。小萩の鈍くささに苛々《いらいら》しているのか、床についてもいないのに地団駄を踏んでいた。

「わたしが持っているのは、大体養母のお下がりなので、その、どれも……」

「どうりで古臭いと思ったわ。司朗からは新しい着物を贈られていないの？」

小萩が沈黙すると、美音子は険しい目で「あの甲斐性《かいしょう》なし」と司朗を罵った。司朗にとってもこの結婚は親戚たちに強引に進められたものなので、無理はないのだが。

「だったら、司朗の母親の着物を出しなさい。年増だから色柄が合わないかもしれないけど、どっさり溜《た》め込んでいたはずよ」

「そんな勝手なことはできません……あ、そういえば」

母親の着物、という言葉で思い出した。

持ってきた荷物の中に、小萩の実母の形見の着物がほんの少し入っていたはず。小萩が引き取られる時、両親の持ち物はほとんど養い親たちに取られてしまったのだが、さすがにすべて奪っていくのは世間体が悪いと考えたのか、言い訳のようにそれだけが小萩に残されたのだ。

早速美音子と一緒にそれらを検《あらた》めた。着物は三枚あって、うち二枚は袷《あわせ》だから季節に合わない。だがもう一枚は単衣《ひとえ》で、しかもそんなに高価なものでないとはいえ銘仙だから、訪問着としては最適だ。

「薄紫で品がいいし、柄もなでしこだからこの時期にピッタリだわ。南条家の人間ならもっと上質のものを着るべきだけど……しょうがない、これにしなさい」

「わ、判りました」

大急ぎで身を清めて着物を替える。髪もひっつめたお団子じゃ合わないと言われ、「耳を隠してふんわり束ねて右肩に垂らして」という美音子の指示のもと、その通りにした。

こんな風に自分を装うということをしたことがないので、少々照れ臭い。

でも、とても楽しい。

きっと、はじめて袖を通した母の着物も喜んでいるだろう。

仕上がりを見て、美音子は一応の及第点をくれた。

「うん、それでいいわ。挨拶といっても、あんまりペコペコと頭を下げるんじゃないわよ。堂々と胸を張っていなさい」

「はい!」

背筋を伸ばして返事をしてから、思わずふふっと笑ってしまう。美音子が怪訝《けげん》そうに「なによ？」と首を傾《かし》げた。

「いえ、なんだかんだ言って、美音子さまは面倒見がよくていらっしゃるんだなと……年齢が下なのに、わたしよりもお姉さんみたいで」

そう言ったら、美音子は複雑な表情になった。鼻白むような、それでいて、どこか哀《かな》しげな。何かを言いかけて口を閉じ、ふん、と誤魔化すように顔を背ける。

「……くだらないこと言ってないで、司朗に見せてらっしゃいよ。あの植物バカでも、さすがに褒め言葉の一つくらい出せるでしょ」

そうかなあ、と内心で思ったが、反論はしないで「ありがとうございました」と頭を下げた。舅《しゅうと》も姑《しゅうとめ》もいないこの家で、美音子の存在は非常に頼もしい。

その足で司朗のもとに向かったら、彼は和服姿のまま、手土産の他に、なぜかスケッチブックを脇に抱えていた。

「では、出かけましょうか」

普段とは着物も髪型も異なる小萩に少し目を瞬《また》いたが、それについての感想は特に出ない。小萩には予想の範囲内だが、後ろにいた美音子が鬼のような形相になったので、慌てて彼を促して外へ出た。このままでは悪い霊の前に美音子に殺されそうだ。

ひょっこりと玄関口の向こうから姿を見せた陸が、「おめかししてるな、小萩。すごく似合ってるぞ！」と褒めてくれたので、司朗に気づかれないように微笑《ほほえ》んで、そっと手を振った。


たとえ名目はどうであろうと、司朗と並んで出歩くのははじめてだ。

小萩は緊張してぎくしゃくと足を動かしたが、隣の司朗はゆったりと落ち着いている。

しかしいくら気持ちが上擦っていても、距離を進むうち、否応《いやおう》なく気づくことがあった。

——なんだか妙に、周囲の反応が冷たい、ような。

ご近所の人に挨拶をすれば、同じような挨拶がちゃんと返ってくる。しかしその目がどうも余所余所《よそよそ》しい。司朗と小萩の背後から聞こえる囁《ささや》きは、その声の低さといい雰囲気の悪さといい、あまり好意的ではない感じがひしひしと伝わってきた。

余計に落ち着かなくなり、もじもじと身じろぎしたためか、司朗が小萩のほうを向いて苦笑した。

「すみません、小萩さんに気まずい思いをさせて。このあたりでは、南条の評判はよくないんです。できれば関わりたくないと思われているようで」

「なぜですか？」

不幸が続いて縁起が悪い、とでも言われているのだろうか。だからといって司朗にまで胡乱《うろん》な目を向けるのはあんまりだと憤ると、司朗は首を横に振った。

「父が……先代が生きていた頃から、そうなんです。南条はこのあたりではまだ新参なのに、土地に馴染《なじ》むという努力もせず傲慢に振る舞っていたから、無理もないんですよ。田舎だと馬鹿にして食べ物や不便さに文句を言い、誰彼構わず威張って呼びつけ、自分がいちばん偉いと言わんばかりの態度をとっていたら、そりゃ昔からここに住む人々はよく思わないでしょう。いくら元華族といっても、今はもう大した権力もないのに、山のように高いプライドだけはそのまま変わりませんでしたからね」

穏やかな口調だが、司朗の言葉には突き放すような冷ややかさと苦さがある。

「戦争の際も、貴重な南条の血が無駄に失われることがあってはいけないと、あの手この手で息子たちに兵役逃れをさせました。蔵にあったものを売り払って賄賂を用意したり、わずかな伝手《つて》を辿《たど》ったり……僕の場合は、視力が悪いのをずいぶんと大げさに盛ってね。夫や子を戦争で亡くした人たちにとっては、ひどく腹立たしかったと思います」

司朗は他人事《ひとごと》のように訥々《とつとつ》と語ったが、小萩は胸が痛くなった。亡くなった父の行動に彼が決して賛同していなかったのは、頑《かたく》なに前方に据えられた目を見れば想像できる。司朗もさぞ、心苦しく、罪悪感を抱いたことだろう。

司朗が南条家の存続に興味がないと言う理由が、少し判った気がする。

彼は南条の名だけでなく、自分に流れるその血をも、どこか持て余し、疎んじているのかもしれなかった。

言うべき言葉が見つからず、口数少なくなったまま、二人で世話役の家に向かう。

世話役は恰幅《かっぷく》の良い《い》初老の男性で、彼も南条家に思うところはあるのかもしれないが、表面的には和やかに司朗が後を継いだことを労《ねぎら》い、結婚を寿《ことほ》いでくれた。玄関先での短い挨拶だったが、なんとか無難に済ませることができて、小萩はほっとした。

「まだ早いですし、ゆっくりこの辺を見て廻りましょうか。小萩さんも、買い物以外ではあまり外に出たことがないんですよね？」

世話役の家を辞去した後、司朗にそう提案され、喜んで同意した。今日は気候がよくて、散策にはぴったりだ。

東京はもうすっかり復興してビルが立ち並んでいるそうだが、このあたりはまだまだのどかな田園風景が広がっている。起伏も少なく、平坦《へいたん》な砂利道に沿って田んぼが続き、そこでは黄金色に輝く稲穂が風になびいてさやさやと揺れていた。

ぽつぽつと点在する家々からは布団を叩《たた》くパンパンという音が、後ろからは駆けてゆく子どもたちの笑い声が聞こえて、時間がのんびりと平和に流れているのを感じる。屋敷《やしき》の周りは竹林が囲んでいて非常に静かなので、そういうのを耳に入れるだけで心が浮き立つようだった。

だが司朗はさっきから、やけに視線を下に向けて歩いている。もしかして挨拶の時の小萩の礼儀がなってなかったのだろうかとドキドキしていたら、不意にその足がぴたりと止まった。

「小萩さん、少しだけ時間をもらってもいいですか？」

「は、はい。もちろん」

ここでお説教をされるのかと身を固くしたが、司朗は後生大事に抱えていたスケッチブックを広げて、その場に膝をついた。

それから一心不乱に何かを描き始めた。

「……？」

なんだろう、と後ろからそっと覗《のぞ》き込んでみると、司朗の手は素早く動いて、道沿いに咲いた小さな花を写しとっている。花弁や葉の形が正確なだけでなく、非常に細かなところまで精緻に描かれて、まるで紙の上でも花が咲いているようだった。

葉脈の線の一本一本、おしべめしべまでしっかりと描ききってから、司朗は短い息をついて立ち上がった。真剣な色を浮かべていた瞳が、またもとの静かなものに戻る。

見ている間ずっと詰めていた息を、小萩はようやく外に出した。

「すごいですね、司朗さん。これだけの絵をこんな短時間で描き上げてしまうなんて。しかもそのお花、絵になっても生きているみたいです」

小萩の賛辞に、司朗はきょとんとして、それからこりこりと指で顎を掻《か》いた。

「……いや、ただの慣れです。子どもの時分からしょっちゅう描いていますので」

「子どもの頃から？　ではそのような絵がたくさんあるのですか」

「僕の部屋にはスケッチブックが山のように積み上がっていますよ。他にも大量の本があって、雪崩に巻き込まれると危ないので、小萩さんは近寄らないようにしてくださいね」

小萩はまだ司朗の部屋に入ったことがない。この分だと、掃除も無理そうだ。

「幼い頃、植物図鑑というものを見て、一発で魅入られてしまいましてね。図鑑を抱えては庭の植物と比べていたりしたんですが、そのうち見るだけでは我慢ならなくなって絵を描くようになったんです。もう今ではすっかり癖になってしまって」

「では、司朗さんのお部屋は、数えきれないくらいの植物の絵で埋め尽くされているんですね。でしたらもう、そこが植物園のようなものですね」

小萩の言葉に、司朗は少し目を丸くした。

「植物園ですか。そんな風に考えたことはないんですけど、小萩さんは楽しい表現を思いつきますね。……よかったら、今度、いくつか見てみますか？」

「はい、ぜひ！」

意気込んで返事をしたら、司朗が顔を綻ばせた。そこからは行きの時にあった翳《かげ》がすっかり消えていて、小萩も目を細めた。

それからまた歩くのを再開し、さっきの花の解説を聞いたり、土手に座って休憩したり、少し遠回りをしてお店を覗いてみたりした。いつしか最初にあった緊張は小萩の中から抜けて安らかな気持ちになり、自然と口もほぐれ、よく喋《しゃべ》り、よく笑った。

そうしているうち、時間はあっという間に過ぎて、気がつけばもう夕方だ。名残惜しい思いはあるが「帰りましょうか」という司朗の言葉に頷《うなず》いて、二人で帰路についた。

その途中、司朗が何かに気づいたように再び足を止めた。

「すみません、少しだけ待っていてもらえますか」

と言うのでまたスケッチをするのかと思ったら、案に相違して、司朗はすぐ近くにあった家の門をくぐっていった。お知り合いのところかしらと思ったものの、待てと言われたので、小萩は木塀の前で立っていることにする。

門からその家の玄関までは少し距離があるため、やり取りまでは聞こえない。十分ほどすると、司朗が戻ってきた。

「お待たせしました、小萩さん」

彼の腕には、数本の枝が新聞紙で包まれたものが抱えられている。どうやらこの家の人に切ってもらったらしい。今度はこれを描くのだろうか。

細く垂れた枝には、丸い葉と小さな花がたくさんついていた。花弁は下から先端に向けて、白っぽい色から赤紫へと美しく変化している。慎《つつ》ましく、可憐《かれん》で愛らしい花だった。

「萩《はぎ》の花です」

司朗の言葉に、ぱちぱちと目を瞬く。今までは花を見てもその名前までは気にしなかったので、これが萩か、と改めて思った。

「ちょうど今が満開の時期なんですよ。塀の間からこれが咲いているのが見えたので、この家の人に頼んで分けてもらいました」

そう言って、司朗がその花を「どうぞ」と自分のほうに差し出してきたので、小萩は驚いた。

「小萩さんの名と同じ花ですから。なでしこでもいいかなと思ったんですが、見つからなくて」

「なでしこ……着物の柄、お気づきだったんですね」

「え？　はい、もちろんです。小萩さんにとてもよく似合っていますよ、その着物も、髪型も。……あ、もしかして、こういうのは最初に言うべきだったのかな」

今になって気づいた、というようにハッとした顔をするので、小萩は噴き出してしまった。美音子は「遅いのよ！」と怒るかもしれないが、充分嬉《うれ》しい。

気づくのが遅い、似た者同士だ。

「……ありがとうございます」

小萩は花を受け取り、そっと胸に押し抱いて礼を言った。花をもらうなんて……いや、誰かから「施し」ではなく何かをもらうなんて、はじめてだ。

司朗に嫁いでから、たくさんの嬉しい「はじめて」と出会えた。

「萩はマメ科ハギ属の落葉低木で……いや、これはいいな。ええと、秋の七草の一つであるのはご存じですよね。お彼岸に供えるおはぎというのは、この萩から来ているんですよ。月見の際にはススキと一緒にこの花を飾る人もいます。それでかな、この花には別名がいくつかありましてね。庭見草、初見草――それから」

小萩を見て、ちょっと微笑む。

「野守草《のもりぐさ》」

呟《つぶや》くように言って、司朗が萩の花に優しく触れた。

「それを思い出したら、どうしてもあげたくなったんです。この花が、野だけでなく、小萩さんを守ってくれるように」

「司朗さん……」

小萩はひどく切ない気分になって、なんだか泣きたくなった。

相変わらず自分のことには無頓着な人だ。あの家で悪い霊に狙われているのは司朗なのに、小萩のことばかり気にして。

手の中にある萩の花を、小萩は祈るような気持ちで見つめた。野守草、野守草、同じ名を持つ自分にはなんの力もないけれど。

――わたしも、司朗さんを守ることができますように。

「司朗さん、萩は挿し木ができるんでしょうか」

小萩の問いに、司朗は少し意外そうな顔をした。挿し木は切った枝を土に挿して増やしていくやり方だ、という知識は小萩にもある。

「挿し木ですか……うーん、そんなに難しくはないですよ。ただこの時期だと、上手《うま》くいったとしても花が咲くのは来年ですけど」

「それでいいので、やってみたいです。このお花は押し花にして、いつも持ち歩きます。お守りに」

「そ、そうですか。そこまでしてもらえたら、その、萩も喜ぶでしょう」

司朗はなんとなく照れたように頭を掻き、もごもごと返事をした。彼としては本当に軽い気持ちで渡しただけのもので、そこまで言われるとは思っていなかったのだろう。

でも、いいのだ。司朗の気持ちは軽くても、小萩が受け取ったものは重い。

挿し木をしたものが、いつの日か南条屋敷の庭に根付き、新たな花を咲かせるところを、司朗と二人で眺められたらいい。

心の底から、そう願った。


屋敷に戻ると、門の内側で美音子が待ち構えていた。

小萩を見るなり寄ってきて、「どうだったのよ」とつっけんどんに問いかける。どうやら心配してくれていたらしい。憎まれ口は叩くが、世話焼きでお人よしな性格なのだ。小萩は笑みがこぼれた。

「はい、おかげさまで、なんとか」

先に建物のほうに向かった司朗の後ろ姿にちらっと目をやり、こそこそと内緒話をするように答える。美音子は小萩が持っている萩の花を見下ろし、ふんと鼻で笑った。

「なんともまあ、素朴すぎる贈り物だわね。大輪の花束を渡すくらいの度量がなくてどうするのかしら」

「でも、わたしは嬉しいです」

「何を甘っちょろいことを言ってるのよ。いいこと、こうなったら司朗に必ず着物を三枚は買ってもらいなさい。安物で手を打つんじゃないわよ」

「小萩さん、どうしました？」

玄関の手前で、司朗が振り返る。美音子と話すため立ち止まっている小萩を怪訝《けげん》に思ったのだろう。当然ながら、彼の目には小萩一人しか映っていない。

「あ、はい、今すぐ――」

行きます、と続けようとした言葉が宙に浮いた。

手から力が抜けて、持っていた萩の花がぱさりと地面に落ちる。

目を大きく見開き、ぱっと弾《はじ》かれるようにすぐ隣を見た。美音子も動きを止め、食い入るように司朗の背後に目をやっている。何がなんだか判《わか》らなくて混乱した。どういうことだ。

なぜ、司朗の後ろにも、美音子がいる？

同じ顔をした少女が、小萩の隣と司朗の背後に同時に存在している。

地面に影がないので、あれもまた幽霊であるのは間違いない。だからといって、こんなことがあるのだろうか。

二人の美音子は同じ着物を着て、同じリボンをしていた。違いがあるとしたら、こちらの美音子は驚愕《きょうがく》と狼狽《ろうばい》を顔に出してもう一人の自分をじっと見つめているが、あちらの美音子はこちらの美音子にまったく関心を向けていない、ということくらいだ。

彼女の視線は、すぐ前にいる司朗から動かない。

「仲がいいのねえ」

もう一人の美音子の唇が、ゆるりと弧を描いた。

その声も美音子とよく似ているが、口調はまったく異なっていた。小萩の隣にいる美音子はいつも怒ったようなすぱすぱとした早口だが、あちらの美音子はやんわりとした優しげな言い方だ。

だがそこに不穏な目つきと微笑が加わると、柔らかい布の中に鋭い刃をもつナイフが隠されているような、そんな危うさと怖さを感じさせた。

「でもねえ、知ってる？　恋など儚《はかな》いものなのよ。人は人を平気で騙《だま》し、裏切ることができるんだもの」

歌うような調子で続ける言葉は、その笑みと裏腹に人間への不信に満ちていた。

「甘い言葉を信じてはだめ。優しげな顔に欺かれてはだめ。笑いかけるのは、ただの憐《あわ》みと同情から。慰めて労《いた》わるのは自分を満足させたいから。それはただ、弱いものから向けられる好意と信用を得たいがための行為なの。懐かせて、縋《すが》らせて、依存させることができたら、内心でほくそ笑むのよ。自分が誰かの上にいることを確認し、優越感を抱いてね。……だから、勘違いしてはいけないわ」

少女はそう言いながら小萩のほうを見た。それでその言葉が、司朗ではなく自分に向けられているのだと知った。足が震えるのは恐ろしさからだろうか。

何が？　美音子の姿をしたあの少女が？　それとも、彼女がちくちくと針で突いてくる、小萩の中で蠢《うごめ》くものが？

「みいんな、欲深いの。自分のことしか、考えていないの。可哀想《かわいそう》に。あなたもすぐに捨てられてしまうわ、この男に」

彼女の視線がまた司朗へと戻った。司朗はそこで立ち止まったまま、顔をしかめて耳に手を当てている。すぐ近くに立つ少女の声は聞こえていないようだが、なんだか様子がおかしかった。

「……花音子《かのこ》」

小萩の隣から小さな声が漏れた。誰かの名を呟くこちらの美音子は、いつもとは違って悲嘆と苦悶《くもん》を表情に滲《にじ》ませ、弱々しく首を横に振っている。

だが同じ顔をしたあちらの少女は微笑したまま、美音子にはまったく目を向けない。関心がないというより、存在自体見えていない、そんな感じがした。

「嫌よね、悲しいわよね、捨てられるのは。そんな酷《ひど》いこと、許したくはないわよね。だめよ、許しては。そうよ、私だけが不幸になるなんて許さない。だったら簡単よ、捨てられる前に、捨ててしまえばいいの」

その時になって気づいた。

司朗が立っているのは玄関口、庇《ひさし》のすぐ下。その庇に葺《ふ》かれた瓦が細かく揺れている。カタカタと小さく音が鳴っているのに、耳を押さえた司朗は上を見もしない。

「司朗さん……！」

小萩は青くなって名を呼んだが、司朗はそれに反応しなかった。しきりと首を捻《ひね》りながら顔を上げ、必死に口を動かしている小萩を目に入れて眉を寄せる。

「すみません、急に耳鳴りがして……おかしいな」

何も聞こえない、と続けられた言葉に、小萩の顔からますます血の気が引く。これも霊障か。だとしたらあの美音子と同じ顔をした少女が、司朗を狙う「悪い霊」ということだ。

「美音子さま！」

顔を横に向けて叫ぶと、美音子はビクッと両肩を跳ねさせた。

「あれは誰ですか⁉　知っているんでしょう⁉」

蒼白《そうはく》になった顔がこちらを向いた。小萩と目を合わせ、泣きそうにくしゃりと表情を歪《ゆが》める。そこにいるのは傲慢さを失って途方に暮れる、十七歳の女の子だった。

「……花音子、よ」

震える声でもう一度その名を口にした。

「私の双子の妹、花音子」

双子。だからこんなにも似ているのだ。年回りも同じくらいということは、事故か何かで、姉妹一緒に亡くなったということか。

それがなぜ、こんなことに。

「美音子さま、花音子さまを止めてください。あれはあの人がやっていることでしょう？　あのままだと、司朗さんが」

美音子は力なく首を振った。

「だめよ、だめ……花音子には、私の言葉が届かないの。私のことも見えていない。あの子は私を、双子の姉を、自分の心から消してしまった――」

それから小萩に懇願するような目を向けた。

「小萩、お願い。あの子に伝えて。こんなことはもうやめてって。こんなことをしてはダメって。私の声は聞こえなくても、あんたならきっと、花音子と話ができるはず。もうあの子に苦しんでほしくないの」

同じ霊なのに、双子の姉のことだけが感知できない。そんなことがあるのかと訝《いぶか》ったが、迷っている暇はなかった。

小萩は唇を強く嚙《か》み、花音子と向き合った。瓦は揺れを増し、カタカタという音も大きくなりつつあるのに、司朗はまだ気づいていない。あれが落下したら、司朗は大怪我《けが》をする。いや、怪我で済むかどうか。

「──花音子さま」

慎重に口を開け、名を呼んだ。あちらを刺激してはいけない。少しずつ足を動かして、じりじりと距離を詰めた。

「花音子さま、こんなことはおやめください。美音子さまがご心配されています」

「美音子？」

ぴくっと花音子の眉が上がった。その顔から微笑が引っ込んで、小萩は自分の説得が早々に失敗したと知った。心臓が冷える。

「あなた今、美音子って言った？　美音子って、ねえさま？　ねえさまのこと？　ねえさまが私を心配？　なに言ってるのよ、ねえさまはもういないのに。いないんだから、もう私を心配することもないわ。そうよ、いないの……ねえさまは、もうどこにもいない……だって、私が」

いや、どうやら、失敗というわけでもないようだ。花音子はぶつぶつと独り言を言い始め、虚《うつ》ろになった眼差《まなざ》しが空中へと逸《そ》れた。意識を自分の内部へと向けたからか、その顔から笑みは消えたが、それまでまとっていた物騒な気配も失《う》せつつある。

小萩は必死に冷静さを保ち、子どもに向かって語りかけるように、努めて穏やかな声を出した。

「花音子さま、落ち着いて。美音子さまはいらっしゃいますよ、すぐ近くに」

「ねえさまが？」

花音子は目を大きく見開いたが、すぐに怯《おび》えるような表情になった。

「……だったら、怒ってらっしゃるわ。ねえさまは私を憎んでいらっしゃるもの。そうでしょう？」

「そんなことはありません。花音子さまの名を呼んでらっしゃいます。花音子さまにもう苦しんでほしくないと、そう言っておられます」

「ねえさま……」

悲しげな調子でぽつりと呟《つぶや》く。

同時に、瓦の揺れが止まった。

小萩はほっとした。姉妹の間で何があったのかは判らないが、どうも誤解があるようだというのは察せられる。それを解きほぐしさえすれば、花音子の霊も鎮まるはずだ。

ゆっくり足を動かして、あともう少しで司朗に手が届くという位置まで近づいた。このまま彼を引き寄せれば――

「花音子さま、どうか」

だが、その願いは叶《かな》わなかった。小萩が言葉を継ごうとした時、次の異変が起きたからだ。

すうっとした冷気が流れる。ひやりとしたものが心臓を撫《な》でて、足がその場で動かなくなった。嫌な予感が胸に充満する。

花音子の傍らに、またあの黒い靄《もや》が現れて、小萩は息を止めた。

その靄がまとう凶悪な波動は、花音子の比ではなかった。陰にこもった負の念が形になるとこういうものになるかもしれないというくらい、どろりとした怨嗟《えんさ》が溢《あふ》れていた。花音子はまだ人としての記憶と感情を残している。しかしこの黒い靄からは、そういうものが一切感じられない。ただただ黒々とした思念の渦が、炯々《けいけい》と目を光らせて誰かに喰《く》いつこうとしているようにしか思えなかった。

その靄を前にすると、どうしても恐怖心が先だって立ち竦《すく》んでしまう。ぞわぞわと這《は》い上る寒気で全身に鳥肌が立った。

どこからか湧き出した黒い靄は、花音子の周りを漂い、ぶわりと膨らんだ。もぞもぞと気味の悪い動きをして大きくなり、徐々に形を取っていく。

四肢が伸び、頭が生え、質感を増して、色が変わり――

靄は人の姿になった。

眩暈《めまい》がしそうになる。なんだこれは。普通の霊ではない。こんなのにどう対処していいのかさっぱり判らない。小萩の手に負えるようなモノではない。

そこに立っているのは若い男だった。髪を綺麗《きれい》に撫でつけた洋装の男。繊細な顔立ちで甘い微笑を浮かべているが、ぞっとするくらい冷たい目をしていた。

男は後ろからそっと花音子の両肩を抱き、何かを囁《ささや》きかけた。そのさまは、まるで睦言《むつごと》を交わす恋人同士のようだった。

しかしその途端、悲しそうだった花音子の表情が一変した。

眦《まなじり》をきっと吊《つ》り上げて小萩を睨《にら》みつけ、刺々《とげとげ》しい声で責め立ててくる。

「あんた、私を騙すのね？　あんたまで嘘《うそ》をつくのね？　ねえさまなんていやしないじゃないの。あんたも私を笑おうというのね？」

また瓦が揺れ始めた。さっきよりも動きが激しい。耳鳴りだけでなく頭痛もするようになったのか、司朗はその場に片膝をついてしまった。

「ちが、違います、花音子さま、お願いですから——」

小萩は懸命に言い募ったが、花音子の耳には入っていないようだった。周囲を取り巻く空気まで変わっている。その後ろで、若い男が薄笑いを浮かべていた。

「うそつき、うそつき、うそつき！　みんな嫌い！　大嫌い！　絶対に許さない！　みんな死んじゃえばいいのよ！」

激昂《げきこう》して叫ぶのと、ガタン！　と大きな音とともに瓦が外れるのが同時だった。

その瞬間、止まっていた小萩の足が動いた。勢いよく地を蹴って走り、司朗の身体《からだ》を突き飛ばして、そのまま後方へと押し倒す。

もんどりうつように二人して転がったが、そのすぐ後で瓦が数枚落下してガシャンガシャンとけたたましい音を立てた。

間一髪だ。

息を切らし、ぱっと顔を上げると、花音子も若い男もいなくなっていた。

「美音子さま！」

小萩は振り返って叫んだ。美音子は真っ青な顔で、さっきと同じ位置から動かず、自分の身体に両手を廻《まわ》して震えている。

「今のは誰ですか!?」

「だ、だから、かの……」

「若い男のほうです！　花音子さまのすぐ近くに現れた、黒い靄の変化した姿です！　あれは誰ですか⁉」

美音子は震えながら茫然《ぼうぜん》と口を丸くした。

「男……？　そ、そんなの、いない……いなかったわ。最初からずっと、そこにいたのは花音子一人だけよ」

今度は小萩のほうが口を大きく開ける番だ。いなかった？　花音子に美音子が見えなかったように、美音子にはあの男が見えなかったと？　それとも、あれは小萩だけに見えた幻だった？

啞然《あぜん》としたその時、新たな声が聞こえた。

「――それで、これは一体どういうことなのか説明してもらえますか、小萩さん」

ハッとして顔を戻すと、耳鳴りも頭痛も収まったらしい司朗が上半身を起こし、仏頂面を小萩に向けている。

不安定な体勢だった小萩の身体は、いつの間にか彼の手によってしっかりと支えられていた。がっちり摑《つか》まれた腕に、逃がさない、という意志を感じる。

「美音子って誰です？」

第三章　奔走する新妻

居間の中、司朗《しろう》が腕を組み、無言のまま座っている。

その正面で、生きた心地がしない小萩《こはぎ》も、膝を揃《そろ》えて両肩をすぼめている。

そして小萩の後ろには、三人の幽霊たちも大人しく並んでいる。新之輔《しんのすけ》は司朗と同じように腕を組み、陸《ろく》は叱られた子どものように首を竦めて、美音子《みねこ》はさっきからずっと放心状態だ。

室内に落ちる沈黙が痛い。司朗が小さな息をついたが、それだけで小萩の身体はびくりと揺れてしまった。

「——小萩さん」

決して大きい声ではないのにその呼びかけは重々しく響いて、さらに身が縮んだ。

「美音子というのは、誰のことですか？」

「それは……」

小萩は答えに窮した。司朗の目ははじめから小萩だけに向けられたまま、そこから動いていない。すぐ後ろにいる三人の姿が、彼には見えないのだ。

だったら美音子というのが明治生まれの南条《なんじょう》のご令嬢で、今この場にいるということを説明しても、果たして信じてもらえるものだろうか。

昔から、幽霊に遭遇した時、小萩が驚いたり怖がったりするのを、周囲はみんな怪訝《けげん》な顔で見るだけだった。目に映るのが小萩一人である以上、彼らにとって幽霊はそこに「存在しないもの」だからだ。

存在しないものに向かって怯える人間のことを、他人はどう見て、どう思うか。小萩はそれをよく知っている。

――あの子はホラ、ちょっとね。

と、陰でひそひそと囁かれるのだ。

気の毒がられたり、気味悪がられたり、嘲笑されたり。反応は様々だがその内容はいつも同じ。小萩自身も、この世ならぬモノが見えてしまう自分の目が、あるいは自分の頭が本当に壊れているのではないかと思ったことがある。

怖がる様子を見せるだけでそんな調子なのだから、もしも「あそこに幽霊が」などと口を滑らせたらどうなるか、火を見るよりも明らかだ。それまでも両親の言いつけを守って気をつけていた小萩だが、何度かそういう経験をしてからは、よりいっそう固く口を噤《つぐ》むことになった。

あいつは変だと決めつけられるのは悔しい。距離を置かれるのも、苛《いじ》められるのも、笑われるのもつらい。どんどん自己嫌悪だけが深まっていくのは苦しい。

——でも、なにより、自分を信じてもらえないことが悲しい。

誰にも何も言わないこと、それが小萩にとって唯一の自衛手段だった。忠告をしてくれた両親は今はもうおらず、自分を守ってくれる者はどこにもいないのだから。

唇を強く結んで俯《うつむ》く小萩に、司朗はもう一度ため息をついた。

「……思えば、僕が家を一晩空けた時から、奇妙なことはありましたね。あの頭痛といい、今日の耳鳴りといい、疲労や病気では説明がつかない。僕の耳が聞こえない間、小萩さんは懸命に何かに向かって話しかけていたし、その視線も僕ではないどこかに向けられていた。そしていきなり屋根瓦が落ち、小萩さんは知らない名前を呼んで、『あれは誰だ』と訊《たず》ねた……僕が得た情報だけでは、何がなんだかさっぱりです」

彼側の視点で起きていた事柄を、司朗は冷静に並べていった。小萩を問い詰めるでも、責めるでもなく、理性的に状況を把握しようとしている。

だからこそ、怖い。学者である司朗は、霊というものを認められるのだろうか。小萩の話を、そのまま呑《の》み込むなんてことができるだろうか。見えないものの存在を、受け入れられるのだろうか。

司朗のその目が疑念に染まっていくところを、小萩は見たくなかった。眉をひそめられ、呆《あき》れられ、怒り出されたら、どうしたらいいか判《わか》らない。司朗にまで「おかしな娘」として見られたら、もう立ち直れそうになかった。

　赤紫の小さな花が頭に浮かんで、唇を噛《か》みしめる。

　ようやく司朗に少しだけ近づけたような気がしたのに——

「小萩、ここはもう、本当のことを話したほうがいい」

うな垂れたまま黙っている小萩を見かねたのか、新之輔が静かに言った。

ちらっと後ろを振り返ると、陸は心配そうな顔で、美音子は思い詰めたような表情で、こちらを見ている。新之輔が頷《うなず》いた。

「俺たちも本当のことを話す。司朗が聞く耳を持たないようだったら、その時はおまえのほうから見限ってやればいい。そんなやつはいくら甥《おい》でも許さない、俺が枕元に立って説教してやるからな」

　からかうような笑みを浮かべたが、その目には緊張が浮かんでいる。新之輔もきっと司朗がどう出るか判らなくて、不安なのだろう。

　小萩は向かいにいる司朗に顔を戻した。何もない虚空に視線を向けていた小萩に、少しだけ片眉を上げたものの、司朗は真面目な表情を崩さずにこちらを見返した。

　この期に及んでも、頭の片隅では、何か上手な口実はないかと考えている自分が嫌になる。しかしもちろん、司朗を納得させられるような出まかせを瞬時にこしらえるほどの才能は、小萩にはなかった。

それに――

うそつき、うそつき、うそつき！　と叫んでいた少女の面影が過《よ》ぎる。怒りながら、彼女は悲しんでいた。咎《とが》める唇は大きく歪《ゆが》んで、今にも泣き出しそうだった。過去に何があったかは知らないが、その瞳には、信じていた人に裏切られたという絶望ばかりがあった。

嘘は、時として人をひどく傷つける。

「実は……」

小萩は何もかも正直に打ち明けることにした。

「……三人の、幽霊」

予想どおり、司朗はぽかんとした顔になった。

すぐにバカバカしいと切り捨てられたり、笑い出されなかっただけ、よかったと思うべきかもしれない。そうされてもおかしくない内容なのだ。

小萩はその三人が司朗の血縁者であることを明かし、一人ずつを紹介した。

「この方が新之輔さま、こちらが美音子さま、そしてこの子が陸ちゃんです」

なにしろ司朗からは何も見えないわけだから、口で言うだけでは判らないだろう。そう思って、それぞれ名を出すと同時にそっとその肩に触れて、「ここにいますよ」ということを示した。

軍服の新之輔、赤い振袖の美音子、童水干《わらわすいかん》の陸。

幽霊に触れるのは小萩にとっても初体験である。手ごたえがなく、すかっと空を切るようだったが、その身体を自分の手が通過する時、ひんやりと冷たいものに包まれる感じがした。

司朗は何も言わず、そちらに目を向けている。

小萩はこの家に来た時からあった出来事を、順を追って話した。祝言の翌朝、台所で陸に会ったこと、それから他の二人の話し声が聞こえたり、ちらちらと姿を見るようになったりしたこと……

「普通の娘なら、その時点で逃げ出していただろうからなあ。こいつは見どころがありそうだと美音子と話してたんだ」

新之輔が感心したように言葉を添える。どうやら彼らは最初から小萩に目をつけていて、少しずつ試すようにして様子を見ていたらしい。小萩に帰るところがあったら本当に逃げ出していたかもしれないのに、その時はどうするつもりだったのだろう。

司朗が倒れたその後で、新之輔からこの家には悪い霊がいると聞かされ、それをなんとかするために小萩も彼らに協力することになった経緯を話すと、司朗の眉がくっきりと真ん中に寄った。

三人の幽霊もまた、その話を黙って聞いているだけだったのだが、

「──それで、司朗さんが頭痛に襲われた時に見えた黒い靄《もや》が」

と言ったところで、新之輔が急に「は？　待て待て」と驚いたように遮った。

「なんだそりゃ、黒い靄？」

小萩も驚いた。

「えっ……黒い、もやもやっとしたものですよ？　あの時、司朗さんの近くにいたでしょう？　さっきもいました。花音子《かのこ》さまのすぐ後ろに現れて、若い男の姿に」

小萩の説明に、三人は揃って戸惑う表情になった。互いの顔を見合わせ、首を横に振っている。

「見えて……いませんでしたか？」

混乱したのは小萩も同じだ。あの恐ろしい気配をまとう黒い靄。震えるほどの不気味さで、前回も今回も小萩の身を竦《すく》ませたのに、それが同じ霊体である三人に見えないなんて、そんなことがあるだろうか？

──でも思い出してみれば、確かにあの時、三人は黒い靄については言及しなかった。

「以前、司朗に霊障が起きたのは、近くに花音子がいたからだ。すぐに消えたし、小萩はちょうどあの時台所に行こうとして背を向けていたから、見えていなかったようだがな。……しかし、黒い靄なんてなかったぞ。小萩には霊の残滓《ざんし》のようなものがそういう風に感

じられた、ということかな」

考えるように新之輔が言ったが、小萩はその説に頷けなかった。あれは感じたという曖昧なものではなく、はっきりとした形でそこに「いた」はずだし、花音子とはまた別の存在だった。

それにおそらく、あの靄には自分の意思もある。

「花音子の後ろにも、そんなものはなかったわ。小萩が急に立ち止まったと思ったら、花音子の様子が変わって……でも、若い男なんていなかったわ、どこにも」

美音子は力なく投げ捨てるように言った。

「それまでは上手《うま》くいってると思ったのに……やっぱり、小萩の声はあの子に伝わるのね。何度呼びかけても、私の言葉は花音子に届かなかった。小萩の存在がこの膠着《こうちゃく》状態を変えられる鍵になるという、私たちの考えは間違っていなかったんだわ。それでも」

「私たちの考え、とは？」

「だから……」

目を伏せ、独り言のように呟《つぶや》いていた美音子は、答えようとしてぴたっと口を噤んだ。

弾《はじ》かれたように顔を上げ、その問いを発した人物のほうを向く。

陸も、新之輔も、そして小萩も、目を見開いてそちらを見た。

今までずっと無言を貫いていた司朗が、腕を組んだままじっと視線を向けている。その方向には、間違いなく美音子がいた。

「えっ」

「ええっ？」

三人の幽霊が同時に驚愕《きょうがく》の声を上げ、一拍遅れて出てきた小萩の声も裏返った。

「し、司朗さん？」

「はい」

「美音子さまの声が聞こえて……いえ、姿が見えているんですか？」

狼狽《ろうばい》しながら訊ねると、司朗は少し首を捻《ひね》った。ゆったりした動きは、いつもの彼のものだ。なぜそんな平然とした顔をしていられるのだろう。小萩と幽霊たちのほうが、よほど度肝を抜かれている。

「見える……というには、ぼんやりしていますが」

司朗は少しずつ顔を移動させては、何度か目をしばたたいた。明らかに、美音子、陸、新之輔のいる場所を捉えている動きだった。幽霊である陸のほうが、見てはならないものを見てしまったというように「なんだこいつ」と慄《おのの》いている。

司朗は少しの間、目を眇《すが》めたり顎を引いたりしていた。視力の悪い人が、遠くにあるものをなんとか見て取ろうとしている時によくする仕草だ。

そして、いつもかけている眼鏡を外して、明るい声を上げた。

「ああ、このほうがずっとよく見える。右から順に、新之輔さん、美音子さん、陸くんですね」

晴れ晴れとした顔で言い当てる。

思ってもいなかった成り行きに、小萩は呆気《あっけ》にとられた。

「ど、どうして、いきなり？　今までは見えていなかったんですよね？」

「そうですね、まったく。でも小萩さんが一人ずつの名を教えてくれたところあたりから、声が耳に入るようになって、姿かたちもおぼろげに浮かび上がってきた、といいますか。

……名前を知ることで存在を認識できた、ということですかね、興味深い」

顎に手を当てて分析までしている。今度は美音子が「なんなのこの男」と引くように少し後ずさった。

名を知ったから認識できるようになった……そんなことがあるのだろうかと困惑しきって新之輔のほうを見ると、彼も「うーん」と唸《うな》って首を傾《かし》げている。

「理屈はよく判らんが……まあ、南条ははるか昔、高名な陰陽師《おんみょうじ》を輩出したという家系だからな。たまに、やたらと勘のいい人間や、未知のものを見通せる人間が生まれるという話は聞いたことがある。今までは植物に興味関心が偏っていただけで、司朗にもそういう素質があったのかもしれん」

「陰陽師？」

「詳しくは判《わか》らないが、そう伝えられている。なんでも帝《みかど》の覚えもめでたい非常に力の強い術師がいて、そこから南条家は朝廷で重用されるようになった、という話だ」

新之輔の説明に、小萩は目を真ん丸にした。陰陽師なんて、自分からは遠い存在すぎて想像もできない。

「とりあえず、それについて考えるのは後にしましょう」

司朗が割り入って、話の舵《かじ》を切り直す。

「三人は南条本家の方々ということですが、念のため、どういう関係なのか確認させてもらってもいいですか？」

普段どおりの淡々とした話し方に、その場の空気も少し落ち着いた。三人のうちいちばん年長の新之輔が表情を引き締めて、「そうだな」と口を開く。

「俺はおまえの伯父だ。おまえの母親の腹違いの兄、と言えば判るか？」

「ああ、母は祖父が後妻に迎えた女性との間に生まれた子でしたからね。ということは、祖父と先妻の方の子ということですか。残念ながら、母から自分の兄についての話は聞いたことがありませんが」

「まあ……そりゃそうだろうな」

苦い顔の新之輔が、視線を横に流しながら低い声で言った。若くして故人となった身内のことは軽々しく言えないだろう、という以外にも事情がありそうな「そりゃそうだろう」だった。

「陸くんは……その服装を見る限り、かなり前の時代のようですね」

「そうだぞ。ご先祖さまと呼べ」

「ご先祖」

ふんぞり返る陸の言葉を司朗は棒読みで繰り返し、顎に手を当てた。

「……じゃあ、裏を取るのは難しいかな」

ぼそりと落とされたその呟きに、一同が凍りつく。

新之輔は思いきり顔をしかめた。

「うわ……こいつ、俺たちのことを疑ってやがる」

「小萩さんを巻き込んだあなたたちの言葉を鵜《う》呑《の》みにするわけにいかないのは当然でしょう。南条の名を騙《かた》っているだけで、実は悪い霊はあなたたち自身、という可能性もある。たとえ本当だったとしても、南条の人間であるというのは、信用に足るというのと同義ではありません」

理路整然と切り返されて、新之輔はますますイヤそうに鼻を鳴らした。

「こういうところ、腹立つくらい俺にそっくり。血の繋《つな》がりってのは怖いね」

しかし皮肉なことに、疑《うたぐ》り深いところだけでなく、眼鏡を外した司朗は新之輔と顔立ちがなんとなく似ているのだった。普段は美音子に「威厳がない」と嘆かれるほどおっとりしている司朗なのに、眼鏡がないだけで、相対する人間が背筋を伸ばさずにはいられないくらい、眼差《まなざ》しが鋭くなる。

「まだ伯父と認めたわけではありませんよ」

不満げな新之輔にあっさり返して、司朗は美音子のほうを向いた。

「それで、美音子さん」

「な、なによ、私は間違いなく南条の血筋よ。私のお父さまは伯爵位をいただいた、立派なご当主だったんだから」

美音子が珍しくたじろいでいる。司朗は真顔で頷《うなず》いた。

「なるほど。その気位の高さ、いかにも南条一族という感じです。それより、花音子さんというのは？」

出されたその名前に、美音子はぎくりとして固まった。逡巡《しゅんじゅん》するように司朗から小萩へ視線を移し、それから新之輔と陸のほうを見る。

二人が促すように頷くと、しばしためらってから、美音子は話し出した。

美音子と花音子の姉妹は、同じ日同じ時刻、この世に生まれ落ちたのだという。

双子は不吉だと忌み嫌う風潮もあったが、幸いにも近代的な思想を積極的に取り入れていた当主はその説を一蹴して二人の誕生を大いに喜び、姉妹は大事に育てられた。

だが、手放しで祝うことのできない事情もあった。双子の片割れ、妹の花音子のほうは、生まれた時から非常に虚弱な体質だったのだ。

少し運動するだけで動悸《どうき》が激しくなり、立っていることすら難しくなる。いくら金銭的には余裕があっても、当時の医療では治療に限界があり、花音子は一日のほとんどをベッドの上で過ごす生活を送らねばならなかった。

一方、元気な産声《うぶごえ》をあげた美音子は、そのまま健康で活発な幼少時代を過ごし、行動的でハキハキとものを言う娘となった。伯爵令嬢らしくいつでも自信に満ちて、社交家で、気に入らないことは気に入らないときっぱり言いきる。病弱で大人しく、自分の意見はあまり外に出さず、いつも静かに微笑《ほほえ》んでいる花音子とは、双子なのに何もかもが正反対だと周囲の人間は口を揃《そろ》えて言った。

そして同時に、やっかみ混じりの陰口を叩《たた》く者も多かった。一方は動くこともままならないのに、一方は自由に飛び回って生を謳歌《おうか》している。生き方も性格もまったく違う二人は、さぞかし仲が悪いのだろう、と。

「でも、そんなことはないの。私と花音子は、本当に仲が良かった。私は家にいる間はほとんど花音子の部屋で過ごしたわ。そしていろいろなことを話したの。私は外の世界のこと、花音子は本で読んだことや家の中で起きたこと。お互いに相手の知らないことを教え合って、いつも笑っていた」

その当時のことを思い出しているのか、美音子はどこか遠くに視線を飛ばして、ぽつぽつと語った。

美音子が外出先で起きた不愉快な出来事について文句を言えば、それはひどいわねと花音子が宥《なだ》め、花音子が家に来た客の心ない言葉に傷ついたとしょんぼりすれば、美音子が今度顔を見たら叩き出してやると憤る。

双子はそうやっていつも情報を共有し、感情を分かち合った。互いについて知らないことはないくらいで、ベッドにいる花音子が知りようのない外でのことを、あたかも自分が経験したかのように喋《しゃべ》るので、家族も驚いていたほどだった。

「花音子は家の中から動けないから、私があの子の目の代わりになろうと思ったの。そのために私たちは双子で生まれたんだと信じてたわ。私たちは二人で一つ、私が得たものは花音子のものになる。花音子ができないことは、私が全部してあげようと思った」

美音子は周りが呆《あき》れるほどいろいろな場所に行き、多くの人に出会い、様々なことに手を出した。楽しいこともあれば嫌なこともあったし、疲れることももちろんあったが、半分は花音子の血となり肉となるのだと思うと、まったく苦ではなかった。

「花音子の調子がいい時は、同じ服、同じ髪型で過ごしていたのよ。私たち、動きもそっくりだったから、一緒にお茶を飲んでいるとまるで鏡を見ているようで、どちらが自分でどちらが花音子なのかも、よく判らなくなるくらいだった」

それくらい、二人の絆《きずな》は密接に結びついていたのだ。

……だが、双子だけの幸福な世界は長くは続かなかった。

「私が十五の時に、お父さまが婚約者を決めたの」

その時代の人間には珍しいことではない。美音子の周りでは、年頃の娘は大体もうお相手が決まっていたし、遅かれ早かれ自分もそうなるだろうとも思っていた。

ただ、いつも同じ服、同じ装飾品、同じ人形を持った双子でも、これだけは同じものを持つことはできなかった。

婚約したのは姉の美音子だけ。病がちな妹のほうと婚約したいという男性はいなかったし、父親も彼女を嫁に出す気はなかった。嫁いだところで何かできるわけでもないし、肩身の狭い思いをすることは判りきっている。それくらいなら、このまま家で心穏やかに過ごさせてやればいいだろうと考えていたのだ。

普段は嫌なものは嫌だと言う美音子でも、この婚約話には従うしかなかった。

「婚約といっても政略的なものだから、恋も愛もないわよ。だけど、花音子をこれからも守っていくために、力のある家と結びつくのはいいことだと思ったの。相手も、悪い人ではなかったわ。花音子のことにも理解を示して、よく顔を出してはあれこれお喋りしてくれた。……たぶん、儀礼的な意味以上のものはなかったでしょうけど」

しかし、婚約者はどうあれ、花音子のほうは違ったらしい。

どんな理由でも、姉が婚約を決めたことに寂しさはあっただろう。唯一共有できないその存在に、憧れる気持ちもあったかもしれない。羨望も、そして嫉妬もあった。どちらに向けた嫉妬なのか、本人にもよく判らなかったとしても。

義理の妹になる花音子に、婚約者は優しく接した。手土産として花や菓子を持参し、渡したりもした。そこには多分に、病人への気遣いと同情が含まれていたが、長い間、家族以外の他人とほぼ関わることのなかった花音子にはそれが判らなかった。

気づいた時には、本人もどうにもならないほど婚約者への片恋が燃え上がり、それとともに、いずれ彼の妻となる美音子への歪《ゆが》んだ感情が生まれた。

一度小さな亀裂が入ると、そこから溝は大きくなるばかりだ。これまでの楽しかった記憶は疑念と自虐でまったく別のものに塗り替えられ、愛情はそのままの大きさで憎悪へと反転した。

自分が健康だからって、いつも外での自慢ばかり。あれをした、こんなことがあった、これはよかった……私は何一つやってみたことがないのに。できるはずもないのに。ねえさまはさぞ、優越感いっぱいで、いい気分だったでしょうとも。

ねえさまとは同じ顔、同じ姿なんだもの。もしも私が元気だったら、あの人は私の婚約者だったかもしれない。

ずるい、ずるい、ずるい！

ふつふつと滾《たぎ》るような怒りを誰にも言わずに押し殺し、そのため余計に手がつけられないほど熱く膨れ上がった感情は、とうとう暴発して、終焉《しゅうえん》を迎えた。

「……ある日、花音子が、久しぶりに一緒にお茶をしましょうって誘ってくれたの」

ずっと塞ぎ込んで何か思い詰めているようだった妹が、その時は晴れやかに笑っているのを見て、美音子はほっとしたのだという。またもとのように仲のいい姉妹に戻れると心を浮き立たせながら、お気に入りの赤い振袖を着て彼女の部屋に向かった。

部屋の中では、花音子も同じ振袖を身につけていた。相談したわけでもないのに、やっぱり自分たちの心は一つなのだと、美音子は喜んだ。

テーブルの上はすでに準備が整い、真ん中に置かれた大きな花瓶には大量の花が活《い》けられていた。

『あら、スズランね』

『そうよ、お庭に咲いているのを、切ってもらったの。私、このお花大好きなのよ。白い鈴のようで、可愛《かわい》らしいでしょう？』

『そうね。でも私はもっと大ぶりで派手な花が好きだわ。百合《ゆり》とか気高い感じがしていいわよね』

『ねえさまらしいわ』

楽しく笑い合い、二人でテーブルを囲む。カップ等を用意したのは女中だが、コーヒーは花音子が自分でわざわざ豆を挽《ひ》いて煮出したのだと言った。上流階級で広まりつつあるコーヒーが、美音子は正直苦手だったのだが、そう言われては断れない。

慣れない花音子が淹《い》れたためか、コーヒーはひどく苦くて、たっぷりミルクと砂糖を入れないととても飲めたものではなかった。

二人は和やかに会話を交わした。花音子はよく喋ったが、内容は幼い頃のことばかりだった。懐かしい気持ちで美音子はそれを聞いていたが、そのうち、だんだん気分が悪くなってきた。

吐き気がして、頭が痛く、眩暈《めまい》もする。

ふと見ると、花音子も真っ青な顔をしていた。心配になって、大丈夫？ と聞こうとした美音子に、呼吸を乱しながら花音子は微笑んだ。

『ねえさま、スズランって可愛いお花よね……でもね、知っていて？ こんな可憐《かれん》な外見なのに、スズランは花にも実にも根にも、強い毒性があるのですって』

美音子の目は飛び出さんばかりに大きく見開かれた。咄嗟《とっさ》に、テーブルの上の空になった二つのカップを見る。

『ごめんなさい……ねえさま。私、どうしても我慢できなかったの。私はきっと、長生きできない。だけど私が死んだ後、ねえさまはあの人と結婚し、子どもを産んで、年をとって、幸せな人生を過ごすのよね？　私が知らないこと、決して経験できないことを、またねえさまだけが独り占め……ひどいと思わなくて？　私のことなんてすっかり忘れて、彼と二人で笑うんだわ……そんなの、私は嫌よ。どうしても、嫌。あの人の笑顔が、今後はねえさま一人に、向けられる、なんて……許せない』

眼前がくらくらするくらい気分が悪いが、花音子はすでに息も絶え絶えだった。同じ毒を口にして、もともと身体《からだ》の弱かった花音子のほうにより強く影響が出るのは当然と言えた。

『ま、待ってて、花音子、今、医者を』

恐怖と焦燥でがくがく震えた。力が抜けて床に膝をついてしまったが、美音子はそれでも這《は》うようにして部屋の扉へと向かった。急がなければ、花音子が死んでしまう。自分の半身、大切な片割れ、世界で最も大事な妹が。

『だめよ……ねえさま』

後ろから、弱々しい声が追いかけてくる。振り返ると、目を血走らせ、汗びっしょりになり、顔を土気色にした花音子がふらつきながらこちらに迫っていた。

目から涙をぼとぼと落とし、手にナイフを持って。

『ねえさまは丈夫ですもの、スズランの毒だけでは、死ぬかどうか、判《わか》らないでしょう？　だからね、こうして、ちゃあんと準備していたのよ。……弱らせた後なら、私の力でも致命傷を負わせることができる。……ごめんね、ねえさま……ほんとはね、ほんとは、判っていたの……あの人が私に、優しくしてくれるのは、ただの憐《あわ》れみ、気の毒な子に向ける施しだと……ねえさまも、そうだったのでしょう？　私、知ってるのよ。私が何もできなくて可哀想《かわいそう》だから、いつ死ぬか判らないから、だから、いつも』

『ちが』

『――うそつき』

泣き笑いで顔をくしゃくしゃにした花音子が、ナイフを振り下ろす。それが美音子が生前に見た最後の光景だった。

美音子の話が終わっても、しばらくは誰も口をきかなかった。

小萩も言葉を失った。姉妹間でそんな壮絶な出来事があったなんて――

「気がついたら、私はまだ家の中にいたわ」

助かったのかと思ったが、何か様子がおかしい。誰もが、美音子の姿が見えていないようなのだ。

父母と兄は暗い表情で、生まれ育った洋館は沈鬱な空気に満ちている。声をかけても、誰も反応する者はいなかった。

耳に入ってくる情報から、自分と花音子が同じ日同じ時刻に死んだことを知った。

どうやら自分は魂だけ現世に取り残されたようだと気づいたが、だからといってどうすればあの世に行けるのかなんて判るはずもない。気がかりは、花音子は無事冥土に旅立てただろうかということくらいだ。そのうちなんとかなるかしら、と思いながら、その時までふわふわと漂っていることにしたのだという。

「の、呑気《のんき》に構えていらっしゃったんですね……」

小萩は目を丸くしたが、美音子は肩を竦《すく》めた。

「だって死んじゃったものはしょうがないじゃないの。それに、時間が経《た》つにつれて、どんどん自分の存在自体が希薄になっていくようで、ものを考えることも難しくなっていったのよね。気がつくと両親も亡くなって代替わりしていたようだけど、それも他人事《ひとごと》のようだったわ。このまま私も消えるのかと思っていたら、ある時、何かに引っ張られるように意識がはっきりして——花音子を見つけた」

美音子と同じく魂だけの存在となった花音子は、生前とはまるで違っていた。怒り、嘲り、糾弾し、いつも誰かを責めている。そして美音子にはない力で、人を傷つけて被害をもたらし、それを見て高笑いをする。

そこにはもう、穏やかに微笑《ほほえ》み、花と本を慈しんでいた少女の姿はなかった。

変わり果てた妹を見るのは苦痛でしかなく、もうそんなことはやめてと何度も嘆願したが、その言葉は相手に届かない。近くに寄っても、彼女が美音子に目を向けることはなかった。花音子にとって、現在の姉は透明な存在なのだ。

悪行を繰り返すたび花音子の魂がどす黒く染まっていくのを、美音子は手をこまねいて見ているしかなかった。

「そうしているうちに、ここには私以外に同じような人間……いえ、幽霊がいることに気づいたのよ。花音子には私が見えないけど、二人には見えたし、言葉も交わせた。なぜかといったら」

そこで一旦、口を閉じる。美音子が窺《うかが》うように新之輔を見て、それに頷《うなず》いた彼が続きを引き受けた。

「──なぜかといえば、俺たちも美音子と同じだったからさ」

「同じ……とは？」

首を傾《かし》げた小萩に、黙って話を聞いていた司朗が口を開く。

「……つまり、ここには花音子さんの他にも悪い霊がいて、彼らはそれに近しい立場であった、ということではないですか？」

「えっ」

目を見開いて二人のほうを振り向くと、新之輔と陸はなんともバツの悪そうな顔をした。

「じゃあ、この家に棲《す》みついている悪い霊って……」

「花音子以外に、あと二人いる。一人はロクの、そしてもう一人は、恥ずかしながら俺の身内だ。それぞれ遺恨のある死に方をしてな、生前に積み上げた恨みつらみを、魂だけの存在になってから、自分の子孫にぶつけているらしい。俺とロクも美音子同様、気づいたらここにいて、身内のやらかしを見せつけられた。やつの死と俺の死は深く関わっているから、魂が部分的に繋《つな》がっているのかもしれん。しかしだからこそ責任も感じてね、なんとかあいつを止めて、引きずってでもあの世に連れて行こうと思ったんだが」

思ったが、やはりあちらには自分たちの姿が見えず、声も聞こえない。霊としての力は圧倒的にあちらが強いので、強制的に阻止することもできない。そうしているうちに死人が出て、どんどん事態は悪化していく一方だ。三人は困り果て、うろうろと屋敷《やしき》の中を彷徨《さまよ》っていたのだという。

「で、そんな時に現れたのが」

「……わたし、というわけですか」

小萩が自分自身を指差すと、新之輔は大きく頷いた。

「そのとおり。これまで、この屋敷に来たやつには片っ端から声をかけてみたが、反応をした人間は一人もいなかった。気配くらいは感じても、すぐに怯《おび》えて逃げちまう。小萩が、俺たちの姿が見えて声も聞こえる、はじめての人間だったんだ」

この娘だ、と新之輔たちはようやく光明を見出《みいだ》した気分だったという。

「これだけ霊と意思の疎通ができるなら、きっと小萩の言葉はあいつらにも届くと思った。俺たちとやつらの仲立ちになってもらえば、この状況もきっと変わる。おまえが俺たちの最後の希望だったんだよ」

「そ、そうだったんですか……」

司朗は「何を勝手な」と呟《つぶや》いたが、小萩はいろいろと納得した。大事なところが曖昧なのに三人の態度に必死さを感じたのは、司朗を守るというより、自分たちの身内を止めたいというほうに重点が置かれていたからだったのだ。

渋い顔をしている司朗を、新之輔はじろりと睨んだ。

「言っておくが、俺たちはおまえに対してだって何度も呼びかけていたんだ。姿は見えず声も聞こえないから、司朗の注意を引くために、周りの小物を揺らしたり高いところから落としたりして、そりゃもう涙ぐましいほどの努力をしたんだぞ。なのにおまえときたら、一瞬怪訝そうな顔をしても、すぐに目と興味を植物のほうに戻しちまう」

「……地震が多いな、とは思っていましたよ」

少し不服そうな司朗の反論を聞き流し、新之輔は小萩を正面から見据えた。

「改めて頼む、小萩。俺たちに力を貸してくれ。あいつらにこれ以上罪を重ねさせるわけにはいかない。おまえがこの家に来たのは、必ず何か意味があるはずだ」

真剣な声に押されるようにして思わず頷きかけたが、さっきからずっと不機嫌そうな司朗のことを思い出し、危うく踏みとどまった。事は南条家の人々のことなのだから、当主を差し置いて、軽はずみな返答をするわけにはいかない。

「あの、司朗さん……今の新之輔さまたちが嘘《うそ》を言っているとは、わたしには思えません。こうして打ち明けてくださったことですし、許してあげてくださいませんか」

そろそろと司朗の顔を覗《のぞ》き込む。彼はちらっと小萩を見て、「——ずいぶん、信頼しているんですね」とぼそりと呟いた。

「は？」

「いえ、なんでも。……とにかく」

不承不承、というように長くて深い息を吐き出す。

「ここまで来て突っぱねても、何も解決しないでしょう。これ以上小萩さん一人に厄介事を背負わせるわけにはいかないので、僕も協力します。ただ、あちらに声が届くからといって、それがすなわち『話が通じる』ということではないので、決して無茶はしない、させないと約束してください。いいですね？」

司朗は小萩と三人の幽霊に向かって、そう念を押した。

＊＊＊

三代続けて思いを残した霊が暴れるというのは、どう考えても異常だ。

個別に事情があるのだとしても、それが普通なら、とっくにこの世には霊が溢《あふ》れているだろう。南条本家の者に限ってそういう事態になるのだとすれば、むしろ問題があるのはこの家のほうではないか──と司朗は言った。

だとしたら今までにも、似たような事例や心霊現象が起きていた可能性がある。それによって対処法も判るかもしれないので、まずはそこから調べてみる、という。

さすが司朗は冷静かつ筋の通った考え方をする、と小萩は感心した。自分はそんなことまったく思いもしなかったし、万が一思いついたとしても、どうやって調べればいいのか、その方法が皆目見当がつかなかっただろう。

そのあたりを司朗に訊《たず》ねてみたら、

「この家には、代々の当主がつけていた日記や覚え書き、その他様々な文献が保管されているんですよ」

という答えが返ってきた。

それらは大半がさして内容のあるものではなく、代わり映えのしない一日が淡々と綴《つづ》られていたり、日々の献立がずらずら並べられていたりというのまであって、誰も興味を持たず、納戸の中でただ埃《ほこり》を被《かぶ》って積まれてある状態なのだそうだ。

その中に有益な情報が記されていないか探ってみると司朗は言ったが、なにしろ数が膨大な上に古いものは傷んでいる場合が多いので、かなり時間がかかるだろう、とも続けて言った。

そしてその言葉のとおり、十日以上経った今になってもほとんど進展はない。学者らしい慎重さと丹念さで文献に目を通している司朗に、幽霊たちは少々じれったい思いもしているようだった。

「本当にそんなことに意義があるのかしら」

「まどろっこしいよなあ。もっと手っ取り早い方法はないのか？」

「きっと大丈夫ですよ。司朗さんは真面目で頭が良くて熱心で頼りになる方ですから」

「小萩……おまえは司朗に対する点が甘すぎる」

すでに暦は十月となり、外の空気は「涼しい」から「冷たい」へと移り変わろうとしている。これが「寒い」へと変わるのも、それほど先のことではないだろう。

——南天は、またさらに茶色の葉が増えた。

花音子の一件から何も起きない日が続いているが、どんどん枯れていくその姿は、あれで終わったわけではないことを嫌でも小萩に伝えてきているようだった。むしろ嵐の前の静けさ、ひそやかにこの屋敷を侵食するものがいるという現実を、目の前に突きつけられている気分になる。

幽霊たちには「大丈夫」と言ったものの、小萩はそれを見るたび不安に駆り立てられた。

南天の前にしゃがみ込んで、懐の中から小さなお守り袋を取り出す。

自分で縫ったその袋の中には、厚紙に挟んだ萩《はぎ》の押し花が入っている。小萩さんを守ってくれるように、と司朗から渡された萩に向かって、小萩は毎日の朝と夜、必ず願をかけるようにしていた。

司朗がこの先もずっと健やかでいられるように。三人の望みが果たされるように。

もう誰も、泣くことがありませんように——


親戚たちから訪問の連絡が入ったのは、そんな頃のことだ。

この日に行きますからね、必ず家にいてくださいよ、と一方的に通告してきたらしく、よりによって取り込み中のこんな時に、と司朗は迷惑そうな顔をしていた。しかし断ったところで相手は聞く耳を持たず押しかけてくるのだから、来ることが事前に判《わか》っただけでもよかった、と思うしかない。

「普通はもっとへりくだった態度をとるもんだがな。年若い当主だからって、司朗を侮ってるんだろうなあ」

というのは、新之輔の弁である。

「祝言は終わったんだろ、一体何しに来るんだ？」

陸は首を捻《ひね》ったが、それは小萩にも判らない。ただ、訪問予定の親戚たちの顔ぶれからは養い親たちだけが排除されていて、やって来るのは小萩がここにいることを喜ばない人ばかりだ。つまり、どんな用事であれ、それは自分にとって決して良いことではないのだろう。

しかし来る以上は、食事や酒などを揃《そろ》え、彼らをもてなさなければならず、小萩は慌てて準備にとりかかった。司朗は「勝手に来るんだからお茶を一杯出すだけでいいですよ」と言っていたが、そういうわけにもいかない。

「司朗の言うとおり、茶だけでいいと思うけどなあ」

当日、朝から台所に立ちっぱなしで大わらわな小萩に、木箱に腰掛けて頬杖《ほおづえ》をついている陸が不満そうに口を尖《とが》らせた。

はじめて会った時もそうだったが、陸が現れるのは台所であることが多い。こういう少し暗くて一段低い場所が落ち着くのだという。

「小萩、ずっと休む間もなく働いてるじゃないか。大人数分の食事を一人で支度するの、大変だろ？　誰か他の人を頼めばよかったのに」

陸は幼いのに人をよく気遣う。その場の空気を読むのが上手《うま》く、大人びた物言いをすることもたびたびで、生きていた頃にいろいろとあったのだろうなあ、というのが察せられた。

「司朗さんにも手伝いの人に来てもらおうって言われたんだけど、お断りしたの。平気よ、少しずつやれば大した手間じゃないし。それにわたし、人に指図するの慣れていないから、一人でやったほうが気楽だもの」

小萩は額の汗を拭いながら笑って答えた。

美音子あたりが聞いたら「南条家の嫁が情けない」と叱られそうだが、彼女はここ最近ほとんど姿を見せなかった。やっぱり花音子のことがこたえているのだろう。

「小萩は普段は鈍くさいけど、料理の手際はいいもんな。それに腕も上等だ。この野菜の炊き合わせは色合いが綺麗《きれい》で旨《うま》そうだし、白身魚のしんじょの椀《わん》もすごく手が込んでる。これなら誰にも文句がつけられないぞ」

陸に褒められて、うふふと頬を緩めた。

司朗も毎回感想を言ってくれるし、この屋敷に来てから小萩にとっての料理は、「義務」ではなく「喜び」となった。明日は何を作ろうと考えるだけでも楽しいし、あれこれ工夫しようという張り合いも出る。

誰かに認めてもらえるというのは、こんなにも嬉《うれ》しいことなのだ。

「陸ちゃんに味見を頼めたらよかったのにね」

本当は、親戚たちよりもよほど陸に食べてもらいたいと小萩は思っている。彼の身体《からだ》は痩せて服も汚れたままで、それは今後も変わらないのだと思うとやるせない。

もしも食事ができたなら、美音子が自慢していたパンケーキというものを作ってみたい。この男の子はどんなに目を輝かせるだろう。美音子も少しは元気になってくれるかもしれない。小萩にできるのは家事くらいなのに、それでさえ彼らに対しては役に立てないのだった。

「そうだなあ。仏になったら炊き立ての飯の湯気がご馳走《ちそう》だっていうけど、おれみたいな半端なやつには、まだその域まではいけないからな」

軽い口調で言われたが内容はずっしりと重くて、小萩は思わず手を止めた。

三人にあまり悲愴《ひそう》感がないからうっかりしてしまいそうになるが、彼らはまだ成仏できていない「迷える魂」なのである。自身に恨みなどはなくとも、道を外れた身内を放っておけず、この世に留まっている。理《ことわり》に背いたその状態を続けるのが苦痛でないはずがなかった。

「あ、でも、見るだけでも楽しいからさ」

小萩の表情が翳《かげ》ったのを見て、陸は慌てたように手を振った。人の気持ちに敏感で、心配をかけまいとする健気《けなげ》なこの子が、どうしてこんなことにと思うと、ますます悲しくなってくる。

「そんな顔するなって、おれは大丈夫だから。おれ、小萩には悪いことしたなって思ってるんだ。おまえに南条の血は入っていないのに、こんなことに関わらせて。本当はおれ、南条家のやつらがどうなろうと知ったことじゃないんだけどな。司朗はともかく、あいつの父親と兄は偉そうで鼻持ちならなくて好きじゃなかった。あの意地悪な親戚たちはもっと嫌いだ。でも……」

急に陸は両肩を落とし、小さな身体をさらに小さくして、うな垂れた。

小萩はゆっくりとそちらに近づいていって、陸が座っている木箱の隣に腰を下ろした。

「……陸ちゃんは、南条家が好きではないの？」

「うん……ああ、新さんと美音子は嫌いじゃないよ。でも、あの二人はなんだかんだ言って南条の人間としての矜持《きょうじ》があるだろ？　そこがおれとは違う。おれは正式な血筋じゃないからさ」

そういえば、以前もそう言っていた。

「おれの父親は何代か前の当主だけど、母親はちゃんとした妻じゃなかったんだ。一応は南条の血縁者だったのに、かなり傍系だから地位が低くて、屋敷《やしき》で女房をしていたところ、当主の手がついた。それでおれを産んだんだけど、出自が卑しい妾《めかけ》として蔑まれてたよ。本妻からはいびられて、当主からも放置されて、でもおれがいるからってずっと我慢していた」

「まあ……」

親戚たちからさんざん「釣り合いが取れていない」と陰口を叩《たた》かれた小萩にとっては、

身につまされる話だった。

今よりももっと身分というものが幅をきかせていた時代では、さらに切実な問題だっただろう。陸は生まれた時から、母親ともども困難な状況に置かれていたということだ。

「おれもよく苛《いじ》められた。本妻とか、その息子たちとか、他の家のやつらとかに。その頃の公家《くげ》なんてのはみんな貧乏だったからね、鬱憤晴らしっていうのもあったんじゃないかな。飯を抜かれるのは当たり前で、蹴鞠《けまり》みたいに集団で蹴り回されたり、木に縛りつけられて夜まで放っておかれたこともある。そいつらから隠れるために、おれはしょっちゅう縁の下とかに潜り込んで隠れてた」

だから台所のような暗くて低い場所が落ち着く、と言っていたのだ。知ってみれば、あまりにも痛々しい理由だった。れっきとした当主の子で公家の若君が、母親の地位が低いというだけで、そこまで過酷な境遇に追いやられていたとは。

「だけどおれ、泣いたりしなかったよ。だって、かかさまがいたからね」

少し幼いその呼び名を口にする時だけ、陸の表情が和らいだ。

「かかさまはいつもおれを庇《かば》ってくれた。おれの代わりに殴られたこともある。だからおれ、かかさまには心配させたくなかったんだ。公家屋敷《やしき》っていうのは御所の周りを囲むようにまとまって建ってるから、どうしても腹が減ったらそこからこっそり抜け出して、町人のところで食べ物を分けてもらったりしてさ」

そこで陸は世間知というものを身につけたのだろう。年齢のわりにしっかりしているのは、それだけ彼の背負っていた苦労が大きかったからだ。

母親に心配させないよう、いつも平気な顔をしてみせるのは、きっと並大抵ではない努力が必要だっただろうに。

「おれがちょっとやそっとじゃへこたれないもんだから、本妻はなおさら面憎く思ったんだろうなあ。日に日に、いびり方がひどくなってきて」

陸が八歳になったある日、何が気に入らなかったのか、捕まって激しく打ち据えられたのだという。

所詮公家の女性なので、本妻に大した腕力があったわけではない。しかし相手は子どもで、それもあまり食べていないから痩せ細っている。明らかに自分よりも弱いその存在に手を上げるうち、彼女はだんだん自身の暴力に酔い始め、歯止めがかからなくなっていった——らしい。

「正直、その時のことはよく覚えてない。長い髪を振り乱して、何度も何度も棒を振り下ろすその顔が悪鬼みたいで、痛みよりもそっちのほうが怖かった。ぎゅっと身体を縮めて耐えるしかできなくて、そんな自分がすごく情けなくて、その時だけはちょっと泣いた。最後かかさまの声が聞こえたような気がしたけど、そのうちそれも遠くなっていってさ。最後のほうは、おれがいなくなったら、かかさまは一人になっちゃうのかな、ってそんなことばかり思って……ん？　あれ、まいったなあ、泣くなよ、小萩」

途中から我慢ならなくなってべそべそと泣き出した小萩を見て、陸は困ったように指で頬を搔《か》いた。

自分が泣いても陸にとって救いになるわけではないと判っているのに、八つの子どもがその時どんなに恐ろしい思いをしただろう、どんなに痛かっただろう、どんなに苦しかっただろうと考えると、どうしても涙が止まらない。

「ご……ごめん、ごめんね……わっ、わたし、陸ちゃんに、なんにも、し、して、あげられなくて」

自分の経験としても、その時の陸の恐怖はよく理解できる。この小さな身体を抱きしめてあげたいし、頭を撫《な》でてあげたいし、もういいというくらいたくさん食べさせてあげたいのに、何一つできないのがもどかしく、悔しかった。

どれだけ近くにいても、生者と死者はこんなにも遠く隔たっている。

「小萩は優しいなあ」

陸は小萩を責めるでもなく、目を細めてそう言った。

「おれ、優しい人は好きだ。かかさまも、すごく優しい人だったよ」

そして下を向いて、「……でも、優しすぎる人は心配だ」と小さな声で呟《つぶや》いた。

「小萩さん、どうしました？」

その時、驚いたような声とともに、司朗がやって来た。台所に詰めっぱなしの小萩が気になって、様子を見にきたらしい。

「具合でも悪いんですか。準備はもういいので、休んでください」

木箱に座って涙をこぼしている小萩を見て、「だから無理をする必要はないと言ったのに」と顔を曇らせる。

「あ、いえ、違います。何か誤解をされているようだったので、小萩は急いで涙を拭いた。

「休憩ついでに、陸ちゃんと話をしていたら、ちょっと」

「陸くん？」

首を傾《かし》げた司朗が問い返す。探すように動いたその視線は、小萩の隣にいる陸を素通りした。

「え、ここにいますけど……」

戸惑いつつ、小萩が陸の背中に自分の手を添え——添えようとして突き抜けてしまったが、それで司朗もそこに陸がいることに気づいたようだった。

眼鏡を外して、「ああ、いた」と目を瞬《またた》く。もしかしたら、幽霊というものは、ガラスを通すと見えにくくなるのかもしれない。

「何の話をしていたかは知りませんが、そんな真っ赤な目をして……精神が不安定なのは、疲れているせいもあるんですよ。とにかく、お茶でも飲んで一服して、もっとちゃんと休みましょう。なにもあの人たちのために、そこまで小萩さんが体力をすり減らすことはありませんから」

そう言って微笑《ほほえ》む司朗に、小萩も少しぎこちなく笑い返した。

いつもは嬉しいだけのその笑顔が、なぜか今は痛《い》い。

「そんなことを言うなら、司朗がさっさと茶を淹れればいいだろ。なんで小萩にやってもらう前提で労《いた》わってるんだ。そういう無神経さ、お坊《ぼ》っちゃんの悪いところだぞ、判《わか》ってるか？」

「なるほど、陸くんの言うこともっともです。確かに無神経でした。小萩さん、急須はどこですか。茶葉は一回につき何グラム入れればいいんでしょう」

「おまえほんと植物のこと以外は無能だな！」

「い、いいんです、司朗さん。わたしがやりますから」

慌てて木箱から立ち上がり、急須と湯呑《ゆの》みの用意をする。陸が司朗に懇々と説教しているのを背中で聞きながら、小さく息を吐き出した。

どうしてこんな時に、花音子の言葉を思い出してしまうのだろう。

──甘い言葉を信じてはだめ。優しげな顔に欺かれてはだめ。

笑いかけるのは、ただの憐《あわ》れみと同情から──

＊＊＊

座敷《ざしき》内にずらりと勢揃《せいぞろ》いした親戚たちは、最初から戦闘態勢だった。

はじめのうちは小萩も精一杯彼らをもてなそうと奮闘したのだが、ことごとく徒労に終わった。料理を出せば「遅い」「品数が少ない」「器の選び方が悪い」と文句を言われ、徳利《とっくり》に入れた酒を運べば「温《ぬる》すぎる」「安酒だ、馬鹿にして」と怒鳴られる。その挙句、躾《しつけ》も礼儀もなっておらず場を取り仕切ることもできない、これだからどこの馬の骨だか判らない娘は……とそれ見たことかと言わんばかりに嘆かれた。

躾や礼儀はともかく、料理も酒も司朗の母が書きつけておいたものに忠実に従ったので、今までこの屋敷で供したものとほぼ変わりはないはずだ。要するに何をしても難癖をつけられるということらしい、と悟るのにそう時間はかからなかった。

だとしたら小萩としては「気が利かず申し訳ございません」とひたすら頭を下げるしかない。少しでも言い返そうものならあちらはますます怒るだけだし、そうなるともう収拾がつかなくなるどころか悪化する一方である。

とにかくこいつを責めなければ気が済まない、というつもりでいる人たちには、何をしても無駄なのだ。小萩はそれをすでに養家で学んでいる。

しかしだからといって、傷つかずにいられるわけでもない。特に最近はこういうことがなかったので、久しぶりに四方八方から飛んでくる言葉の刃が胸にぐさぐさ突き刺さる。懸命に持ちこたえていた笑みはもはや限界を訴えており、徐々に顔も俯《うつむ》きがちになっていった。

「いい加減にしろ！　小萩はおまえらに少しでも旨《うま》いもの食わせてやろうと、朝からすごく頑張ってたんだぞ！　小萩を苛めるならさっさと帰れ！」

小萩を心配してぴったりと寄り添うようにくっついていた陸は、さっきからずっと眉を吊《つ》り上げっぱなしだ。親戚たちからは見えないし聞こえないが、その姿は十分小萩を慰めてくれた。

野菜の炊き合わせも白身魚のしんじょも、味わわれることなく食べ散らかされているが、そのことを自分のために怒ってくれる存在があるのだから。

上座で一人座っている司朗は、影像にでもなったかのようにまったく動かない。完全な無表情になっていて、どちらかというと、怒鳴る親戚よりもそちらのほうが怖かった。

「ねえ司朗さん、こんなお嫁さんじゃ、あなたも何かと不自由なすってるんじゃありません？」

客のうちの一人である女性が、その司朗に笑いかけた。

「私たちもあの時はしょうがないと思ったんだけど、これじゃあねえ。やっぱり家柄の釣り合いというのは大事なんですよ。だってこの南条家に嫁ぐということは、いずれ跡継ぎとなるべき子を産まなきゃならないわけでしょう？　それが、こんな下のほうの家の、しかも貰《もら》われ子なんて、ねえ。産んだとしても、まともに育てられるかどうか」

含みのある言い方をして、同意を求めるように周囲を見渡す。ひそひそ、くすくすと、囁《ささや》き声と忍び笑いが座敷内に広がった。

「幸い、まだ子を孕《はら》んではいないんだろう？　だったらもうこの際だな、もっといい嫁に取り換えたほうがいいんじゃないか、と私らも考えたわけだよ。次はもっと良い家の娘をあてがうから。なに、変な噂《うわさ》も近頃じゃ収まってきているようだし、今度はちゃんと見つかるさ。なにしろ、この娘はまだこんな風にピンピンしてるからなあ！」

酔いが廻《まわ》りつつあるのか、赤ら顔の男性が必要以上に大きな声を出し、大口を開けてがははと笑う。他の人々も追従するように笑い声を立てた。

ああ、そうか——と小萩は静かに納得した。

南条家に嫁いだ小萩が二月もの間元気に過ごしているのを知って、親戚たちはやっぱり呪いなんてなかったと安心したわけだ。そして同時に、小萩のような娘がのうのうと南条家に居座っていることが腹立たしくなり、また惜しくもなったのだろう。

このままだと、小萩が南条のすべてを掻っ攫《さら》っていくのではないかと不安になって。

未《いま》だ二人が籍が入っているだけの他人だとは知らないから。

もしもここに嫁いできたのが「家柄の釣り合うお嬢さん」であったなら、こんなことは言われなかった。小萩をここに入れたのは、あくまで緊急措置に過ぎなかったと親戚たちは考えている。彼らはそれを正そうとしているだけだ。

小萩が小萩である限り、これからもずっと同じことを言われ続ける。なぜなら小萩は立場が下で、卑しい生まれの娘だから。自分の努力ではどうしようもないそんなことで、責められ、なじられ、蔑まれて。

……陸の母親のように。

だったらもしも司朗との子が生まれた場合、その子も同じことを言われるのだろうか。陸のように悲しい思いをさせることになるのだろうか。南条の名に押し潰されて、不幸な結末を迎えるしかなくなるのだろうか。

もしかしたら、司朗はそれを見越した上で、小萩に手を出そうとしないのかもしれない。帰るところもなく不安定な立場にある弱々しい小萩を、ただ単に保護するつもりで優しし、笑いかけてくれているだけなのかも。

——だとしたら、それは憐れみか同情か。

顔を上げると、司朗と目が合った。小萩の空虚な表情を見て、その目元にさっと緊張が走る。何かを言おうとしたのか、口を開きかけた。

だがその時、「——小萩」とぴんと張り詰めた声が横から聞こえた。

そちらを見ると、陸が半分口を開けて棒立ちになっていた。真ん丸になった目は、吸いつけられるように一方向に向かっている。

「来た」

親戚たちが小萩を糾弾するために騒いでいる中でも、その抑えつけるような掠《かす》れた声はしっかりと耳に入った。

陸の視線が向かっているのは襖《ふすま》の一点だ。

小萩も固唾《かたず》を呑《の》んでそちらに見入った。周りのざわめきがやけに遠く聞こえる。急に室内の温度が下がった気がした。

小萩の様子が変わったことに気づいて、司朗が厳しい顔つきになる。

襖は少しだけ開いていた。人が通れるような幅はない。にもかかわらず、「それ」は空気を乱さずふうっと中に侵入を果たした。

肉体がない。影もない。薄くあちら側が見えるほど半透明の、人の形をしたもの。

それがするすると動くにつれて、徐々に頭や体の線を露《あら》わにしていく。今の時代ではまずお目にかかることはない、単衣《ひとえ》と袴《はかま》、その上に小袿《こうちぎ》という装束の、頭をおすべらかしにした女性だった。

「……かかさま」

陸が消えるような声で呟いた。

司朗の目も小萩と同じ方向に向けられているが、その人物に焦点が合っていない。彼には女性は見えていないのだ。しかし、青くなった小萩を見て何が起きているのかは推測できたらしく、そこから視線を外さないまま片膝をついて、慎重に腰を上げた。

女性は――陸の母は、小萩にも陸にも一瞥《いちべつ》すら寄越さず、そのまま滑るように移動して、座敷の中央に立った。やつれて落ち窪《くぼ》んだ眼が、舐《な》め廻すような執拗《しつよう》さで、まだ大声を上げている親戚たちの顔を一人ずつ見据えている。

「――あなたたちは、いつも勝手なことばかり」

女性は静かに言った。口元は微笑を浮かべているのに、冷ややかな表情には隠しようのない怒りが込められている。

「ええ、いつもそう。ご自分のことは棚に上げ、みなでわたくしをお責めになる。卑しくくだらぬ、ちっぽけな身分の女だと。お忘れか？　わたくしにも南条の血が少しばかり混じっておりますのに。それでもわたくしをつまらぬ者だと断じ、紙切れのごとく軽々しく扱いなさる。であれば、そもそも南条など大した意味はございませぬなあ」

小袿の袖先を口元に当てて、ほほと笑い声を立てた。

彼女は今、ここに集まった人々からの非難の言葉が、すべて自分に向けられたものだと思っているようだった。彼らの悪感情が、小萩と似たような立場だった彼女の気持ちを波立たせ、この場所まで呼び寄せてしまったのだ。

「おい、聞いているのかね!? いくら余りものの四男だったとはいえ、今のあんたはもうこの本家の当主なんだから、これまでのようにフラフラしてばかりでは困るよ! 私らがこうして骨を折っているんだ、素直に言うことを聞いたほうがいいと思うがね。あんたにはいい加減、南条家当主としての義務と責任を果たしてもらわにゃ――」

別の方向に顔を向け中腰になっている司朗に我慢ならなくなったように、男性が声を張り上げた、その時。

パンッ! と音がして天井からぶら下がったすべての電球が割れた。

めいめい何かを喋《しゃべ》り罵っていた親戚たちが、一斉に口を閉じる。

「南条、南条と」

しんと静まり返ったその場所で、陸の母が低い声でそう言い、底冷えのする眼で男性を睨《にら》みつける。彼からはその姿が見えていないはずなのに、ぶるりと身を震わせた。

「おまえたちはそれしか言えないのかえ? わたくしと息子を南条に入り込んだ虫けらなどと、よう言うてくれた。南条家はそれほど偉いか。高貴か。立派か。何を言う! わたくしの子をなぶり殺すなどという、獣にも劣る所業をしておいて! 恥を知れ、この人でなしぃぃ!」

声がいきなり甲高くなった。キーンと響いて耳が痛い。言葉は聞こえていないようだが、鼓膜を突き破るような空気の圧は感じるのか、座敷内にいる全員が短く叫んで耳を押さえた。

「あの女の凶行を、周りは誰も止めず見ていただけだった！　わずか八つの子が棒で殴られ続けていたのに見殺しにするとは、おまえたちは鬼か！　だからわたくしは殺してやったのよ、あの女を！　顔が潰れるまで石で殴って、首を絞めて、最後にはその目玉を抉《えぐ》ってやった！　ざまあみろ！　その後おまえたちはわたくしのことも殺したが、むしろ本望というものよ！　思う存分おまえらを祟《たた》ってくれる！」

弾《はじ》けるように哄笑《こうしょう》するその顔に、最初にあった穏やかさはもうない。

彼女の言葉とともに、座敷内に置かれたものがカタカタと音を立てて揺れ始めた。食器のような軽いものから、床の間に飾ってある水石《すいせき》のような重いものまでだ。客たちは顔色を失い、腰を抜かしたようにへたり込んで、眼前の異様な光景に目を剥《む》いている。

「かかさま……かかさま、もうやめて……」

母親を「すごく優しい人だった」と話していた陸は、憤怒《ふんぬ》に身を焦がす彼女を見て、ぽろぽろと涙を落とし続けていた。

どんなに苛《いじ》められても泣かなかったと言っていたのに、今は止めどない涙で頬をびっしょりと濡《ぬ》らして。

「おれ、空にはのぼらないで、かかさまを待ってたんだよ。長い時間がかかっても、ずっとずっと、待ってるつもりだったんだ。いつかかかさまが来てくれたら、手を繋《つな》いで一緒に空の上に行こうって。おれ、かかさまのそんなところは見たくない。悲しませてごめんね。でも、恨まなくていいんだ。祟るなんてやめてくれ。おれはただ、かかさまがまた前みたいに笑ってくれたら、それでよかったのに……」

しかしその声は、彼女に届かない。息子が泣きながら請い願っても、それさえ見えず、聞こえていないのだ。

ただ怨《うら》み、憤り、あらゆるものを攻撃する。

それは誰のため、なんのために？

「――みなさん、これでお判《わか》りかと思いますが」

いつの間にか近くまで来ていた司朗が、親戚たちと向かい合うように小萩のすぐ前に立った。おもむろに手を動かし、眼鏡を外す。

「見てのとおり、この家は間違いなく呪われています。あなた方は、こんなところに嫁いで、今もなお残ってくれている小萩さんに、感謝こそすれ文句なんて言えた立場ではありませんよ。取り換えるだのあてがうだの、身勝手極まりないことを好き放題言っていたようですが、僕は小萩さん以外の女性をここに迎えるつもりは一切ありません。その結果、たとえ南条家が絶えたとしても。……それでも納得できないというのなら、今度はあなた方のほうにこの呪いを送りつけても、僕はまったく構わないんですけど」

司朗はこちらに背中を向けているので、どんな表情をしているのか小萩には見えない。

声だけ聞けば普段とあまり変わらないようだったが、なぜか親戚たちの顔からはますます色が抜け、「ひっ」と怯《おび》えて身を竦《すく》ませる女性もいた。

「どうぞお帰りを」

冷淡に告げる司朗に抗議する人間は誰もいなかった。我先にと座敷《ざしき》を飛び出し、四《よ》つん這《ば》いにまでなって、あたふたと退散していく。

客の全員がいなくなり、残ったのが小萩と司朗、そして陸母子の霊だけになると、「さて」と司朗が後ろを振り向いた。

眼鏡がないので目つきが鋭いが、いつもどおりの、落ち着いた顔だった。

「小萩さん、今度は誰です？」

「ろ、陸ちゃんのお母さまです。陸ちゃん、あの方のお名前は？」

「り……りくの……」

陸は手の甲で顔を拭いながら、嗚咽《おえつ》の合間に母の名を絞り出した。

「りくのさまは、やっぱり陸ちゃんのことが見えていません。生前にあったことと、現在を少し混同されていて、周囲はすべて敵だと思っておられるようです」

小萩の説明に、司朗は考える顔になった。

「そうですか……眼鏡を外しても、僕にはその人が見えないんですよ。小萩さん、無理そうならやらなくてもいいんですが」

「はい?」

「そのりくのという人に、触れることはできますか?」

「は?」

「説明は後でしますので。でも危険なようなら、しないでください。本当にそうなのか、まだ確証も得ていないですし。くれぐれも慎重に、指先が少し触れるくらいでいいです。異変を感じたらすぐに逃げてください」

まったく意味が判らないが、小萩は頷《うなず》いて立ち上がった。

今のところ、りくのはただ立っているだけだ。消える様子はないが、がらんとした座敷の真ん中で、少し放心しているようにも見える。

「り——りくのさま、ですね?」

小萩は一歩だけ足を前に踏み出し、そろそろと呼びかけた。この霊には、電球を割り重い石を動かせる力がある。また興奮させてはいけない。

りくのが表情を失《な》くしたまま、ゆっくりとこちらを向く。自分の名に、わずかに唇を引き締めた。

「今のわたくしはあの女と同様、もはや鬼になった身。人であった頃の名なぞ、もう捨ててしもうた」

「いいえ、鬼になんてなっていません。あなたは人です。今も息子の死から立ち直れず、悲しみから抜け出せない、母親のりくのさまです」

小萩が訴えると、りくのの唇の端が自嘲気味に上がった。

「このような……このような浅ましい姿になり果てて、あの子の母などと、おこがましいことが言えようか」

「陸ちゃんは、あなたのことをずっと待っていたそうですよ」

今度は、りくのは顕著に反応を示した。はっと身じろぎして、ぎょろりと大きく目を見開く。

「陸？　おまえ、なぜその名を知っている？」

「いるからです、ここに。陸ちゃんはさっきからここにいて、かかさまと、あなたに一生懸命呼びかけています」

りくのは明らかに動揺した顔になった。

「陸が……そんなこと……おらぬよ、おらぬ。どこにも、見えぬ。わたくしの愛《いと》しい子、大事な子……陸、陸……かかさまを置いて、どこへ行った」

痛切な表情で呼びかけながら、顔を巡らせ、うろうろと彷徨《さまよ》うように動く。しかしその目が息子に向くことはない。それを見て、陸がまた苦しげに喘《あえ》いだ。すぐ近くにいるのに母親に自分を見てもらえないなんて、こんな悲しいことがあるだろうか。

「りくのさま――」

胸が塞がるような気分になって、居ても立ってもいられなくなり、小萩は思いきって前に飛び出した。

りくのの腕を摑《つか》むようにして両手で触れる。

その途端、バチッという音とともに弾かれ、掌《てのひら》に鋭い痛みが走った。

「痛っ……！」

数歩後方へよろめいたところで、司朗がしっかりと支えてくれる。「小萩！」と陸も心配そうにすぐ傍までやって来た。

「大丈夫ですか、小萩さん」

「は、はい」

「すみません、危ないことを小萩さんにさせました。ああ……こんなにも赤くなってしまって」

「くれぐれも慎重に」という忠告を聞かなかった小萩が悪いのに、司朗は申し訳なさそうに眉を下げて、掌に目をやった。

そこはまるで熱いものに触れたように真っ赤になっている。

「でもおかげで、僕にも見えました。あれがりくのさんですね」

司朗が顔を前に向ける。彼の目はちゃんと焦点を合わせ、その場所に女性の像を結んでいるようだった。

「触れただけで……？」

赤くなった自分の掌をまじまじと見る。なぜ、どうしてという問題はさておき、だとしたら今この場で小萩がやるべきことは一つしかない。

再び、りくのに向かって声を放った。

「りくのさま、こちらを見て！」

叫ぶと同時に、近くにいる陸をぎゅっと抱きしめる。今度は弾かれず、ひんやりとした感触に包まれた。

「……陸！」

りくのが大声を上げた。

暗く濁っていた瞳が、離れ離れになっていた我が子をようやく見つけた歓喜に彩られて輝いた。人を責め立てる言葉しか吐かなかった唇がぐっと結ばれ、わなわなと震え始める。

さっきまで虚《うつ》ろだったりくのの顔は、あっという間に、子を持つ母親のものへと変貌していった。

陸は目を丸くした。

「かかさま……おれが見えるの？」

「ええ、ええ、見えますとも。ああ陸、こんなところにいたの……会いたかった……」

りくのの眦《まなじり》が涙で濡れた。柔らかな声で名を呼び、慈愛に満ちた細い両腕が息子を抱きしめるため、前方へと伸ばされる。

「あ！」

その時、小萩は短い悲鳴のような声を出した。自分の口を手で押さえ、目を見開く。みるみるうちに蒼白《そうはく》になった小萩の顔色を見てか、司朗が支えている手に力を込めた。

なんとなく、予想はしていた。しかし実際にそれを目にすると、心臓が大きく跳ねて、汗が滲《にじ》んだ。他の霊には感じない圧倒的な恐怖が押し寄せて、どうしても身体《からだ》が強張《こわば》ってしまう。

——また、あの靄《もや》が。

りくの傍らに現れた黒い靄に、目が釘付《くぎづ》けになる。

手も足も思うように動かせなかった。あれを前にすると、いつもこうだ。正体の判《わか》らない不安と恐れがいっぺんに湧き上がり、内部に充満して、身動きができなくなる。

後ろから小萩を支えていた司朗の手が移動して、両肩に置かれた。その力強さに、ようやく少しだけ呼吸が楽になった。

「小萩さん、今度は『何』が見えるんですか？」

司朗が低く抑えた声で囁《ささや》く。小萩は前方に視線を固定させ、は、と小さく息を吸った。自分の口から出た声がそれほど震えていなかったのは、両肩から伝わる熱のおかげだ。

「……靄です。黒い靄。りくのさまのすぐ近くに」

司朗は小萩の肩越しにそちらをじっと見つめて、目を細く眇《すが》めた。それから陸のほうを見る。

手を差し伸べようとしたまま突然動きを止めてしまった母親に戸惑っていた陸は、司朗を見上げてふるふると首を横に振った。

この二人には、見えていないのだ。

いや、司朗と陸だけでなく、あの至近距離にいるりくのにも見えていないのかもしれない。彼女はさっきから、ぜんまい仕掛けが止まった人形のように、不自然な体勢で静止してしまっていた。

誰に何が見えて、何が見えていないのか、小萩もだんだんわけが判らなくなってきた。自分に見えているあの靄は、本当にそこにあるものなのか。それともただの幻なのか。他の人には見えない霊が自分にだけ見えていると知った時の覚束《おぼつか》なさが今になって蘇《よみがえ》って、たまらなく心細くなった。

……もしかしたら、自分の頭がどうかしているだけなのでは？

「小萩さん、しっかり。小萩さんに見えているものを、僕たちに説明してください。いいですか、今はっきりしているのは、僕らが見える見えないということではなく、この場で『すべて』が見えているのは小萩さんただ一人、ということです」

小萩は青白くなった顔を動かし、司朗を振り向いた。こちらにまっすぐ向けられている彼の目に、疑念の色はまったくなかった。

「し……司朗さんは、わたしの言うことを、信じてくださるんですか」

自分には見えないものの存在を、小萩の言葉だけで、認めることができるのか。

その問いに、「もちろん」と司朗は言いきった。

「小萩さんの目は特別ですからね」

——特別。

「変」でも「異常」でもなく、司朗が選んだその言葉は、臆病に縮こまっていた小萩の心をふっと楽にした。胸の中に軽やかな風を吹き込まれたような気がする。

萎えかけていた足に力を入れ、畳の上にしっかりと立つ。りくのと、彼女の背後で漂う黒い靄を見据えた。

「花音子さまの時と同じ、黒い靄です。あれはたぶん、自分の意思がある、幽霊とはまた別のモノです。以前は若い男の姿に変化して……ああ、やっぱり」

呻《うめ》くような声が出る。黒い靄は再びざわざわと蠢《うごめ》いて大きくなっていき、人の形を取り始めていた。

だが現れたのは、あの時の若い男ではなかった。ひゅっと息を呑《の》み込んだため、少し間が空く。ようやく口を開いたが、やや舌がもつれた。

「じょ——女性の姿になりました。三十代くらいでしょうか。りくのさまと同じような服装をしています。いえ……こちらの小袿《こうちぎ》のほうが派手ですし、豪華な感じがします。頭はおすべらかし、体格は痩せぎすで、気の強そうな顔立ちです。小さな眉が描かれていて、右目の下に特徴的な泣きぼくろが……」

陸がびくっと大きく身じろぎした。

「泣きぼくろ？」

「陸くん、そういう外見の女性に心当たりがありますか」

司朗の問いかけに、陸はくしゃりと表情を歪《ゆが》めた。母親のほうに目をやってから、小萩に顔を向ける。

「小萩、そこにいるやつって、目が細くて唇の薄い、中年の女じゃないか？　キツネみたいな顔の」

「そう、そうよ。陸ちゃん、あの人を知ってるの？」

勢い込んで訊《たず》ねると、陸は怯《おび》えるように肩をすぼめ、うんと頷《うなず》いた。

「当主の本妻だ。かかさまを苛《いじ》め、おれを殴り殺した女だよ」

小萩は唇を引き結び、視線を前方に戻した。

あれが本妻ということは、りくのが最も憎むべき相手のはずだ。しかし彼女は、間近にいるその女性にはまるで無関心だった。宙に据えられた目はぽっかり開いた穴のように真っ黒で、そこには何も映っていないように見える。

本妻はりくのの耳に自分の唇を寄せ、何かを囁いていた。口元がにやにやと上がり、糸のような目がさらに細められる。楽しくてたまらないというようなその顔は、怖気《おぞけ》立つほどに醜悪で、悪意に満ちていた。

徐々にりくのの瞳に光が灯《とも》る。しかしそれは決して明るいものではなかった。小さな火が闇の中で徐々に広がり、いずれ真っ赤な炎を上げる不吉な前兆でしかなかった。

まただ——と小萩は唇を嚙《か》みしめた。

花音子の時と同じだ。あの少女も、黒い靄に何かを耳に吹き込まれた途端、様子が一変した。生前の、まだ穏やかだった時の心をなんとか取り戻そうとしていた矢先で。

「りくのさん、その人の声に耳を傾けては……」

だめ、と続けようとした小萩の言葉は、突如としてりくのの口から発された大音量の叫びによって封じられた。

「あああああ！」

思わず耳を塞いだが、それでもびりびりとした振動が伝わって痺《しび》れるほどの声だった。

りくのは悲痛な声を上げながら、両手で抱えた頭をぶんぶんと振り回していた。目は怒りに燃えて、歯軋《はぎし》りをし、子どものように地団駄を踏む。母親の狂乱を、陸は震えながら見ていることしかできないようだった。

「陸！　陸！　わたくしの子を、よくも殺したな！　許さぬ、許さぬぞ、絶対に！　あの女も、当主たるあの男も、あやつらの子も、南条のすべてを呪ってやる！　子々孫々まで恨んでやる！　南条家など一族郎党みな滅びてしまえばいい！」

「りくのさま、落ち着いて！　陸ちゃんは、ここに……」

「おまえもわたくしを謀るか！　可哀想《かわいそう》な陸はとうに彼岸へと渡った、ここにいるはずがない！　聞いたぞ、そこにいるのはニセモノだろう！　誰もかれも、そうやってわたくしを騙《だま》し、嘲笑《あざわら》う！」

小萩はぎゅっと強く拳を握った。

あと少し……もう少しで、りくのは自分の子と抱き合い、笑うことができたのに。黒い靄に邪魔をされて、また石のように頑《かたく》なな憎悪にまみれた、救われない魂へと戻ってしまった。

母親に自分の存在まで否定されて、陸は衝撃で棒立ちになっている。

小萩は本妻の姿をしたモノのほうに顔を向けた。

「――あなたは、何者なんですか」

恐怖は依然として去りはしないが、今はそれよりも怒りの感情のほうが上回っていた。

この顔と声で、一体りくのに何を囁き、何を煽《あお》ったのか。いちばん憎い相手だからこそ、その言葉はりくのの感情をより激しく突き動かしただろう。

「それ」は小萩に目を向け、にやりと唇の両端を吊《つ》り上げた。ひどく不気味で人間味のない笑い方だった。

「わたくしかい？　わたくしは、『人の本質を知る者』だよ」

「人の、本質……？」

「人は愚かで醜く浅ましく、騙し欺き裏切るもの。それをただ見栄《みえ》や綺麗事《きれいごと》で隠しているだけ。一皮剝《む》けば、薄汚れた本質が出てくる。わたくしはそれをよーく知っているということさ。おまえも一度、じっくりと自分の中にあるものと向き合ってみるといい。さぞかし、どろどろに濁って、腐臭を発していることだろうからねぇ」

人差し指を突きつけて、くすくすと笑う。小萩は口元を引き締めた。

「……りくのさまから離れてください」

「なぜわたくしが、おまえごときの指示を聞かねばならない？　図に乗るなよ、小娘が。少しくらい変わった力があるとはいえ、おまえなぞいつでも一捻《ひとひね》りで潰せるぞ」

ひひひと口を三日月の形にして笑うさまに嫌悪感が湧いた。いくらなんでも、公家《くげ》の奥方がこんな笑い方をしないだろう。その立派な恰好《かっこう》とのずれが余計に気持ち悪い。

「邪魔をするんじゃないよ。もう少しで、宿願が果たせるんだ」

「宿願？」

足が一歩前に出たところで、後ろからぐっと身を引かれた。顔を向けると、司朗が怖いくらいに真面目な表情で首を横に振っている。

「小萩さん、それ以上近づかないで。りくのさんの様子がおかしい」

本妻のほうに気を取られていたが、りくのは苦しそうに身を捩《よ》じらせて「陸、陸……」と息子の名を呼び続けていた。カタカタと音が鳴って、また座敷《ざしき》内のものが小刻みに揺れ始める。

親戚たちが逃げていく時に蹴散らしていった茶碗《ちゃわん》や箸が、ふわっと浮き上がった。

「ああ……憎い！　わたくしから子を奪ったものは何もかも！」

りくのの叫びとともに、それらが一斉にこちらめがけて飛んできた。茶碗のように軽いものばかりではなく、それが載せてあった脚付きの膳までが勢いをつけて自分に向かってくるのを見て、小萩は短い悲鳴を上げて目を瞑《つぶ》った。それなりに重量があって角も鋭利な膳は、もはや凶器だ。

咄嗟《とっさ》に顔を庇《かば》った腕が何かに触れる。同時にガツッという鈍い音がして、小さくくぐもった声が聞こえた。

おそるおそる目を開けると、すぐ前に大きな背中があった。小萩の前に立ちはだかった司朗は、自分の額を手で押さえて、身を屈《かが》めている。

指の間から、じわりと赤い血が滲《にじ》み出した。

「司朗さん！」

全身が総毛立つ。必死に取り縋《すが》る小萩を抱き寄せ、なおも飛んでくるものから庇いながら、司朗は宥《なだ》めるように「落ち着いて、小萩さん」と言った。

「大丈夫です、大した傷ではありませんから。それより……」

そんなはずがない。司朗の額からはどんどん血が流れ落ち、すでに片目は開くこともできないでいる。

止血をするためにまずは布を探すべきだという考えも吹っ飛んで、焦った小萩は咄嗟に自分の両の掌《てのひら》を司朗の手の上から押し当てた。が、もちろんそれは逆効果だった。ぬるりとした感触が、余計に自分から冷静な判断力を奪っていく。

「あはは っ、南条の末裔《まつえい》がいいザマだねえ!」

本妻が楽しそうに天を仰いで大笑いする。

その瞬間、ただでさえ血がのぼっていた小萩の頭は一気に沸騰した。

一体自分のどこにこんな反射神経があったのかと思うくらいの素早さで膝を曲げ、足元に転がっていた茶碗をがしっと摑《つか》む。

「しっ……し、し」

その茶碗を、思いきり振りかぶった。司朗の片目がぎょっと見開かれる。

「小萩さん、待っ――」

「司朗さんに、何するのよおっ!」

司朗が止めようとした時にはすでに、小萩の手からは茶碗が離れていた。

怒りに任せて投げつけたそれは、意外にも狙いをたがわず、本妻めがけて弾丸のように一直線に飛んでいき——

「ギャッ!!」

驚くほどの威力を発揮した。

恐ろしげな苦悶《くもん》の叫びと同時に、本妻の身体《からだ》からじゅわっと白い湯気のようなものが噴き出す。茶碗を投げたのは自分だが、霊体だから単にその身を通過するだけと思っていたので、異様なその図に小萩のほうが狼狽《ろうばい》した。

悲鳴を上げながら、本妻の姿がどろりと崩れ、また黒い靄《もや》へと戻っていく。

身を保てなくなるほど、痛手だったということか？

「おのれ……忌々しい南条め！」

最後に悔しげな捨て台詞《ぜりふ》を残して、黒い靄はふらふらと低空飛行し襖《ふすま》の隙間から逃げ出した。りくののほうも急に力を失って、だらんと両腕を下げ、足の先からすうっと消えていく。

静けさの戻った座敷内で、小萩はぽかんと立ち尽くした。

第四章　南条の呪い

「──では、状況を整理しましょうか」

傷の手当てを終えた司朗《しろう》が、普段と変わりない口調で言った。

居間の中には、彼と小萩《こはぎ》と陸《ろく》だけでなく、新之輔《しんのすけ》と美音子《みねこ》もいる。二人とも、大座敷での騒ぎが収まってから「何かあったのか」と驚いたように姿を現したのだ。

司朗が二人に何が起きたのかをざっと説明している間、小萩は彼の額に巻かれた白い包帯を見つめ、ひたすら不安と後悔に苛《さいな》まれていた。

とりあえず応急措置だけ済ませて、後で医者に診てもらうと本人は言っていたが、本当に大丈夫なのだろうか。この先も残る傷だったらどうしよう。本当なら小萩が身を挺《てい》してでも司朗を守るべきだったのに、事実はまったくの逆だ。

自分がもっと上手に立ち回れていたら、もっと役に立つ人間であったなら、こんなことにはならなかったのに──

「……ということです。小萩さん、これで間違いありませんね？」

一通りの話を終えた司朗に確認されて、はっと我に返る。ほとんど聞いていなかった。

「え、はい、そうですね。間違いない、でしょうか。ね、陸ちゃん」

曖昧に答えながら陸を見ると、彼はしゅんと下を向いたまま、「うん……そんな感じ」と元気のない返事を放るように寄越した。

そうだ、今誰よりもつらい思いをしているのは陸だった、と小萩はさらに反省して、自分もまた肩を落とした。ようやく母親に見つけてもらえたというのに、結果は惨憺《さんたん》たるものだったのだから。

「気持ちは判《わか》るが、小萩もロクもしっかりしてくれ。特に小萩、おまえだ。何があったのかというのは判ったが、司朗の話だけではまるで判らないところがありすぎる」

新之輔に言われて、小萩は、はい？　と彼を見返した。

「判らないところ、といいますと」

「おいおい、本当にしっかりしてくれよ。親戚の集まりにロクの母親が乱入してきた、というのはいいさ。小萩が彼女にロクのことを伝えてやった、というのもだ。しかし」

びしりと人差し指を突きつけられる。

「……また黒い靄が現れて人形《ひとがた》になり、そうしたら急にロクの母親が暴れ出したってのは何事だ？　しかもおまえはそいつと話までしていたということじゃないか。一体何を喋《しゃべ》っていたんだ。いやそもそも、その黒い靄ってのは何なんだ。そいつはなぜ、小萩にしか見えないんだ？」

あ、そうか、とようやく小萩も納得した。小萩が経験した出来事と、司朗から見たあの場の状況は違う。司朗と陸の目には、小萩はどこか宙の一点に目を向けて話しかけ、一人で怒って茶碗を投げつけた、というようにしか映っていなかっただろう。

「ええと……黒い靄というのはですね、こう……もやもやっとした黒いもので、大きくなって人の姿になったりする、正体不明の何かです。なんというか、ものすごく不気味で気持ち悪いモノで、とても嫌な感じがします」

小萩は懸命に説明を試みたが、新之輔と美音子は二人して残念な子を見る目をしただけだった。

「小萩……まったく判らん」

「そんなこと言ったって……あっ、本人は『人の本質を知る者』だと言っていました」

「なんだそれは。人の本質ってなんだよ。ますます判らん」

「ですよね。わたしも何を言われたのか判らないんですけど」

「……小萩さん。とりあえず、その存在がどんな動きをしたか、小萩さんとどんな会話を交わしたか、その事実だけをなるべく忠実に再現してみてはどうでしょう。それに対して何を思い何を感じたか、というのは省略して」

判らない判らないと言い合うだけでどんどん不毛な議論になっていくのを見かねたのか、司朗が助け舟を出してくれた。さすが司朗さん、とホッとして、小萩は頑張って頭を回転させた。

あの黒い靄が何をして、何を口にしたか、一つずつ思い出しながら言葉にしていく。

しかし話し終えても、二人の顔はまったく晴れなかった。美音子は唖然《あぜん》とし、新之輔は当惑の表情で口を噤《つぐ》んでしまう。

「──何よ、それ」

「何って、これでいろいろなことが判ったじゃないですか」

文句を言うように唇を尖《とが》らせた美音子に、司朗がさらっとした口調で返した。落ち着いた表情ながら、眼鏡の向こうの目が冴《さ》え冴《ざ》えと輝いていた。

「は？　判ったって、何が」

「まず一つ。小萩さんが特殊な力を持っている、ということ」

一拍の間、幽霊たちが無言になる。「特殊な力」という言葉に、小萩も身を固くした。

「特殊な力……小萩が触れたら、母親にロクが見えるようになったってやつか？　いや、しかしなあ」

本当にそんなことが？　と確かめるように新之輔が陸に目をやる。俯《うつむ》きがちだった陸は顔を上げて、大きく頷《うなず》いた。

「ほんとだよ。かかさまはちゃんとおれを見てくれた。……あの時は」

小さな声で最後に付け加え、また目を伏せる。新之輔は眉を寄せた。

「……そんな規格外のことが起こり得るもんかね」

「それを言うなら、あなた方の存在そのものが規格外なんですけどね……でも思い出してみてください。僕が最初に三人が見えた時、小萩さんは何をしましたか？」

「何って、だから俺たち一人ずつを紹介して、名を知ったことで司朗は俺たちを認識できるようになったんだろ」

「そんなこと、あるわけないじゃないですか」

「おまえがそう言ったんだよ！」

「あの時、小萩さんはあなた方の肩に手を置きましたね？　だから僕は三人を視認できるようになったんです。僕は、僕一人でいる時に、あなたたち三人の姿を見かけたことが一度もありません。小萩さんが近くにいる時ははっきりしていますが、離れて時間が経《た》つともう見えなくなる。小萩さんを介してでないと、僕は霊の存在を捉えることができないんです。奇《く》しくも以前に新之輔さんが言っていたとおり、小萩さんは最初から、死者との仲立ちとしての働きをしていたんですよ」

新之輔も美音子も、呆気《あっけ》にとられる顔をした。小萩は困惑のあまり、どういう顔をしていいのかよく判らない。

それでは台所でも、小萩が陸の背中に触れたから、司朗は彼を見ることができた、ということか。

「だから俺たちがここに来た時、まず小萩に触れさせたのか」

「姿が見えないと、話もままならないので」

「一体どういう仕組みなんだ、そりゃ」

「小萩さんの天賦の才、ということでしょうね。むしろ、霊が見えることより、そちらのほうが本来の力なんだと思います。仕組みというのは判りませんが……そうですね、皆さんは、『炙《あぶ》り出し』というものをご存じですか？」

唐突に出てきた単語に、は？　と全員が口を開けた。

「たとえばミョウバン水……いや、そんなものでなくても、ミカンの絞り汁でもいいんですが、乾くと無色になる液体を用いて紙に文字や絵を書き、それを裏から燃えない程度に火で炙ってやると隠れていたものが出てくる、というものです」

「もちろん知ってる……それが？」

「小萩さんの力は、この場合の炎の役割を担っている、と考えたら判りやすいですかね。見えないもの、隠されているものを、手で触れることによって炙り出す。顕在化させる、とでも言いましょうか」

新之輔は唸《うな》り声を上げて腕を組んだ。司朗の解説を、なんとか嚙《か》み砕《くだ》いて自分の中に収めようとしているらしい。

顕在化、という難しい言葉を胸の中で繰り返し、小萩は己の掌《てのひら》をじっと見つめて考えた。もしも司朗の言うとおり、自分にそういう力があるのなら。

「あの黒い靄《もや》にわたしが触れたら、他の人にも見えるようになると……」

「それは駄目です」

間髪をいれず、強い口調で司朗に否定され、小萩は驚いて目を瞬《またた》いた。

「ど、どうしてですか？」

「どうしてじゃありません。りくのさんに触れた結果を考えたら判るでしょう？　小萩さんは霊に干渉できると同時に、あちらからの影響も受けやすい。おそらく霊の負の思念が強いほど、小萩さんへの反動も大きいんです。りくのさんで掌が赤く腫れたくらいなのに、その黒い靄とやらに触れたらどんなことになるか──」

「なんですって⁉」

ここで突然、美音子がいきり立った。小萩が上半身を後ろに反らせるくらいの勢いで、ずいっと距離を詰められる。

「今の話、本当なの⁉　手を見せてごらんなさい、小萩！　んまあ、何よこれ、真っ赤になってるじゃない！　なんて無茶するの、痛かったでしょう！」

怒鳴るような言い方だが、心配してくれているらしい、ということは小萩にも判った。

「あ、冷やしたらだいぶよくなりましたし……それに司朗さんの怪我《けが》のほうがずっと」

「そういう問題じゃないわよ！　あんたは若い娘なんだから、傷一つでもついたら大問題なの！　司朗、あんた一体何をしてたの!?　こういうことのないように、小萩を守るのがあんたの役目でしょうが！」

「返す言葉もありません、大叔母上」

「その呼び方はやめなさいよ！」

「美音子、司朗をそう責めてやるな。どれ……ああ、本当だ。小萩の手は小さくて可愛《かわい》いモミジみたいだと思っていたが、本当に赤くなると痛々しいな。肉体があったら、俺が丁寧に薬を塗り込んでやるんだが」

「伯父上、くだらない無駄口はそのへんで」

「……おまえ、俺に対してだけやけに当たりがキツくない？」

顔をしかめた新之輔を無視して、司朗は話を続けた。気のせいか、こちらから見える横顔が冷たい。

「小萩さんのその力が、判ったことの一つ目。そして二つ目ですが」

二本指を立て、座を見回す。

「……この屋敷《やしき》には、あなた方の身内三人以外に、もう一人——いやもう一体と言いましょうか、『悪い霊』がいる、ということ。小萩さん以外には見えないその霊が、おそらくすべての元凶です」

「元凶だと？」

新之輔が眉をひそめた。

「黒い靄だから、黒幕と呼んだほうがいいでしょうか」

「呼び方なんざどうでもいいんだよ。元凶ってなんだ」

「そのままの意味です。新之輔さんは以前、自分たちの近しい身内が遺恨のある死に方をしたために、この家に棲《す》みついて悪さをしている、と言っていましたが」

「ああ」

「そもそもその彼らが、悪霊に取り殺された、としたらどうです？」

新之輔、美音子、陸が、同時に言葉を失った。

「……おまえ、なに言って」

しばらくしてから出された新之輔の声は、かさかさに乾いていた。今までに見たことがないくらい、硬い顔つきをしている。

「取り殺された、という表現は正確ではないかもしれません。唆された、追い込まれた、と言ったほうがいいかもしれない。──実は、このところずっと代々の当主が書いた日記や記録に目を通していて気づいたんですが」

司朗は表情を変えずにそう言って、指先でするりと顎を撫《な》でた。

「南条《なんじょう》の本家では昔から、かなりの頻度で、気を病む人が出ていたようです。鬱々と過ごしていると思ったら、徐々に情緒不安定になり始め、自分の殻に閉じこもったり、ある日突然攻撃的になったりする。……そういう人たちは皆、口を揃《そろ》えて言うそうですよ。『耳元でいつも誰かの声がする』とね」

「声……」

黒い靄が人の姿になり、美音子とりくのの耳に何かを囁《ささや》きかけていた光景が脳裏を過《よ》ぎって、小萩は背中が寒くなった。

姿は見えないが、声は聞こえる。生きていた時から、そうだったとしたら？

「昔はそういう人たちを座敷牢《ざしきろう》などに押し込めて、世間から隠していたらしいです。彼らの多くは、自分で自分の命を絶ったとか。周りは嘘《うそ》ばかりで、自分を騙《だま》して陥れようとしている、許さない許さない、ちゃんと聞いた、知っているぞと恨み言を吐きながら」

居間の中に重苦しい沈黙が落ちる。幽霊たち三人は、それぞれどこかが痛むような顔をしていた。

「……だけど、声なんて、私は一度も聞いたことがない」

ぽつりとこぼされた美音子の呟《つぶや》きに、陸がこくんと頷く。司朗もまた頷いた。

「でしょうね。そういう声が聞こえるのは……声の主に『選ばれる』のは、弱い人ばかりだったようですから。身体《からだ》の弱い人、立場の弱い人、気の弱い人、意思の弱い人――行動的で自信に満ちた美音子さん、虐待されても挫《くじ》けることのなかった陸くん、女性に対してすらすら口説き文句が出せる新之輔さんのような図太い人は論外です」

新之輔は「なんか棘《とげ》がないか？」とぶつぶつ言った。

「思うに、南条本家にはずっと昔から、本当に悪霊が取り憑《つ》いていたんでしょう。ただ、その悪霊自体に大した力はなく、人の耳に虚言を吹き込んで精神的に追い詰め、ノイローゼのような状態にさせることくらいしかできない。そしてその力も、狭い範囲でしか使えない。これまで起きた怪異は、すべて本家の敷地《しきち》内に限定されていますからね。……今のところは、ですが」

「だったら！」

我慢ならなくなった陸が、司朗に喰《く》ってかかる。

「だったら、かかさまは」

「りくのさんと花音子《かのこ》さんは、自分の弱い部分に付け込まれたとはいえ、他者を手にかけ、その命を奪ってしまった。いかなる理由があろうと、それは大罪です。そして大事な人を自分のせいで亡くしたという負い目もある。だからその魂を、元凶である悪霊によって捉えられてしまったのではないでしょうか。彼らは絶望という檻《おり》の中に閉じ込められ、逃げ場がないまま負の念ばかりを増幅させられ、それがものを動かしたり飛ばしたりという力になっている。自身の力が弱い悪霊には、都合の良《い》い存在なんでしょうね」

司朗は痛ましそうな目を陸に向けた。

「……敢《あ》えて言葉を選ばずに言うなら、今の彼女たちは、悪霊の『手駒』にされている、ということです」

陸が泣きそうになり、美音子がぎゅっと目を瞑《つぶ》る。新之輔は額に手を当て、「くそ……」と低い声を漏らした。

「そうか……それであいつらには、俺たちが見えないのか」

「悪霊にとって、あなたたちは非常に邪魔なんです。だから認識を阻害されているんでしょう」

なぜなら彼らは、自分たちが罪に手を染めた理由であると同時に、自分たちに救いをもたらす唯一の存在でもあるからだ。それであの黒い靄は、美音子と陸が手を差し伸べようとするのを妨害した。

死んでもなお、花音子とりくのは、その嘆きと苦しみを利用され、魂を使役されて、この現世で惑い続けている。

……許せない、と小萩は奥歯を強く噛みしめた。

「じゃあ、その元凶をなんとかしないと、花音子の魂は解放されないの？」

眉を下げた美音子が縋《すが》るように問いただす。司朗は難しい表情で、「おそらく」と短く答え、口を結んだ。

「そんな……だって、そいつは私たちからは見えないんでしょう？　花音子たちを表に出して、自分は卑怯《ひきょう》にも隠れているってことよね？　そんなの、一体どうしたらやっつけることができるのよ」

途方に暮れた口調で言って、美音子は泣き出す寸前の幼子のように唇を曲げた。新之輔も苛立《いらだ》たしげに膝を指で叩《たた》いている。

司朗と幽霊三人には元凶の黒い靄は見えない。あちらの三人からは自分の身内である幽霊たちが見えない。……小萩とは真逆で、あちらは隠れたり見えなくしたりするのが得意なのだろう。

「文献には、何か方法は載っていなかったのか？」

「まだそこまで進んでいません。元凶たる悪霊はかなり古くから本家に巣食っていたようですし、たぶん相当時代を遡らないといけないんじゃないかと……いや、そんな記述が見つかるかどうかも不確かなんですが」

暗い見通しを淡々と述べられ、室内が一気にどんよりした空気になる。それを気にした様子もなく、司朗は「でも」とあっさり続けた。

「とりあえずあちらの弱点は見つかったんですから、それだけでもよしとしませんか」

えっ、と驚く一同を逆に不思議そうに眺めてから、司朗がこちらを見たので、小萩はものすごく狼狽《ろうばい》した。なぜ、そんな同意を求めるような顔をしているのだろう。

「小萩さんも判《わか》っていますよね？」

「す、すみません……まったく判っていません。弱点ってなんですか」

「いやだな、それを明らかにしたのが、他ならぬ小萩さんじゃないですか。最後、黒い靄は逃げた、とはっきり言っていましたよね？」

「は……」

思わず間の抜けた声が出てしまう。そう、確かに逃げた。あの時、苦しそうに悲鳴を上げて……

小萩は「あっ！」と両手を打ち鳴らした。

「判りました、弱点が！」

「そうでしょう」

「お茶碗《ちゃわん》ですね！」

自信満々に断言した小萩に、司朗は一瞬きょとんと目を瞬いてから、すぐに下を向いた。小さく肩が震え、「ぶ……んんっ」と喉に食べ物が詰まったような変な咳《せき》をする。

え、違うの……？　と小萩はうろたえた。周りを見たら、新之輔と美音子がまたあの目をこちらに向けている。

何かに耐えるような時間を置いてから、司朗は呼吸を整え、再び顔を上げた。その唇がわずかにぴくぴく引き攣《つ》っているのは、気づかないことにしよう、と小萩は思った。

「――大変惜しいですが、違います。あの時、小萩さんが見事な腕前で投げた茶碗には、何が付着していましたか？」

「付着……？」

小萩は首を傾《かし》げた。

衝動的に摑《つか》んだ茶碗。司朗の傷に手を当てていた小萩の掌《てのひら》には、べったりと彼の血がついており――それで摑まれた茶碗もまた、赤く染まっていたのではなかったか。

「あっ……」

ようやく正解に辿《たど》り着いた生徒を褒めるように、司朗はにっこりした。

「僕の……いやたぶん、本家の人間の血。それが黒い靄《もや》の弱点です。南条の血筋に取り憑いている悪霊にとっては、なんとも皮肉なことに」

＊＊＊

それ以降、司朗は必要最小限大学に行く時以外、文献を読み漁《あさ》ることに大半の時間を費やすようになった。

真剣に取り組んでいた植物の研究も、今は棚上げにしているらしい。それどころじゃないから、と本人は言っていたが、どちらにしろのめり込んでいることには変わりない。

夜も遅くまで起きて、合間合間に仮眠を取っているらしく、部屋から出てくるといつも眠そうに目をしょぼしょぼさせている。

ただでさえ主《あるじ》の言うことを聞かない髪の毛は、手がつけられないほど縦横無尽に撥《は》ねていて、大変な有様《ありさま》だ。包帯は取れたが、その乱れた髪で隠れているため、傷跡がどうなったのかは未確認のままである。

手伝えることが何もない小萩は、彼の寝不足を心配し、目の下の隈《くま》を見て心を痛めることしかできない。三人の幽霊たちも急《せ》かしてはいけないと気を遣っているのか、あまり姿を見せなくなった。

今日も、夜が更けたこの時刻まで、司朗は部屋にこもりっぱなしだ。家の中は静まり返っているが、庭からは鈴虫の合奏が賑《にぎ》やかに響いてくる。小萩は縁側から外に出て、すぐ近くに置いてある植木鉢の前で両膝を折り、屈《かが》み込んだ。

じっとしていたら身体が冷えてくるくらい、夜気はひんやりしている。それでもなかなか動く気になれずにぼんやり鉢を眺めていると、キシッと板を踏む音がして頭上に影が差した。

「そんなところで、何をしているんですか？　小萩さん」

驚いて振り仰ぐと、縁側に立った司朗が、照明の光を背にしてこちらを覗《のぞ》き込んでいる。

小萩はぴょんと飛び跳ねるように立ち上がった。

「司朗さん、すみません、気づかなくて……どうしましたか？　そろそろお風呂に入られますか？　それとも今夜はもうお眠りになりますか？」

「いや、少し休憩です。風呂は後で入ります」

「あ、じゃあ、熱いお茶を淹《い》れますね。少しお待ちを」

「お茶も後でいただきます。とりあえず、ここに座りませんか」

台所に駆けていこうとした小萩を押し留め、司朗が縁側に腰を下ろし、自分の隣を指先でこんこんと叩いた。

小萩は少しためらってから、遠慮がちにその場所に腰掛けた。

「このところ、ずっと一人にさせてすみません」

「い、いいえ、そんな」

司朗に謝られて、慌てて首を横に振る。小萩の気持ちが沈んでいるのは、決して寂しいとか心細いとか、そういう理由ではないのだ。

「何を見ていたんです？……ああ、萩《はぎ》ですか」

司朗が身を傾け、下に置いてある植木鉢に目をやり、納得したように頷《うなず》いた。萩の挿し木のやり方を詳しく説明してくれたのは司朗である。

「発根しそうですか？」

「そうなるといいなと思っていますけど」

司朗に教わったとおり、植木鉢は明るい日陰に置いて、なるべく風が当たらないようにし、土が乾かないようせっせと毎日水やりを欠かさないでいる。しかし無事に根付くかどうかはまだ判らない。

　今にも倒れそうな、不安定で頼りない萩の枝は、まるで小萩そのものだ。

　誰かの手がないと、すぐに枯れてしまう。

「……やあ、綺麗《きれい》な月ですね」

　隣に座った司朗のその言葉で、ようやく小萩も顔を上に向けた。

　闇の中、空にはひときわ明るく白い光を放つ月がある。月はかなり欠けて弓の形になっているが、それでもその輝きは損なわれることなく、まるで空の海に浮かぶ神々しい舟のように見えた。

　ぽつりとそれを舌に乗せてみると、司朗は感心したように小萩を見た。

「なるほど、月の舟ですか。いつぞやの植物園といい、小萩さんは詩的なことを言いますね」

「……子どもっぽいことを、と思っていらっしゃるんでしょう？」

　少し拗《す》ねたように言い返した小萩に、司朗が笑う。

「いやいや、僕にはそのテの才能がまったくないので、小萩さんの感受性が羨ましいんです。月は月にしか見えないし、せいぜい綺麗だと言うくらいで、何かに喩《たと》えることも、気の利いた台詞《せりふ》も思いつかない。僕も新之輔さんのように――」

　そこで唐突に、司朗はぷつっと言葉を切った。怪訝《けげん》に思って小萩が首を傾げると、本人も見失った続きを探すように、空中に視線を彷徨《さまよ》わせている。

「……例の元凶のことですが」

結局、見つけ出すのは諦めたか、見つかったものを外に出すのはやめたらしい。しばらくしてから、司朗は少々不自然に話題を変えた。

「なんとか、目星がつきました」

「本当ですか」

その言葉に、小萩は一気に緊張した。身を引き締めて、ぴんと背筋を伸ばす。

司朗はいつもと何も変わらず、表情も声音も穏やかだ。きちんと姿勢を正し大真面目な顔つきをしている小萩を見て、わずかに微笑を漏らした。

「南条ははるか昔、高名な陰陽師《おんみょうじ》を輩出した家系だと、新之輔さんが言っていたのを覚えていますか？」

「はい」

「南条家の祖とも言われている人で、名を冬雪《とうせつ》といいます」

南条冬雪か。こんな後世まで名前が伝わっているということは、それだけ立派な人物だったということなのだろう。

「なにしろ数百年も前のことなので、その人物についての詳細はほぼ判りません。研究熱心で知識が豊富、陰陽術に優れ、鬼神力の使い手であったとか——まあ、どこまでが本当か定かではないんですが、普通の人にはない不思議な力を扱えると評判であったと」

「不思議な力……」

小萩は小さく呟《つぶや》いた。

「妖怪や怨霊と戦って退治したという、ありがちな逸話もいくつか残っています。それが事実かどうかはともかく、冬雪は帝《みかど》に気に入られ、他の貴族たちからも一目置かれて、南条の名を広く知らしめた。……そこまでが、表向きに伝わっている話です」

「表向き、というと」

「実は、この話には隠された『その後』があったようで」

司朗の口元に、今度は苦笑が浮かんだ。

「一口に陰陽術といっても、祈禱《きとう》、占術、天文など多岐にわたります。冬雪はその中でも呪術を得意としていて、そちらにどんどん傾倒していったそうです。性に合った、ということですかね。深みに嵌《はま》っていくうち、いつしか、周りも困惑するほどの暴走を始めるようになったらしい。手当たり次第に呪詛《じゅそ》を行い、つくった蠱毒《こどく》を無関係の人間に試して、身分が低い人を相手に多数の犠牲を出したりもした。しかし本人は罪の意識など一切なく、『いつかは人間から魂魄《こんぱく》を引き剝がして使役できるようになる』と、嬉々《きき》として口にしていたと……その狂気じみた執着に、次第に人々は冬雪を怖《おそ》れるようになり、遠巻きにするようになったらしいです」

小萩の背中にぞくりとした寒気が走った。

時代が違う、価値観が違うというよりも、もっと根本的なところで異常さを感じさせる話だ。周囲が恐怖を感じるのも当然だと思えた。

「結果、冬雪は重用されていた帝からも見放され、朝廷を追放されるという憂き目に遭った。南条家はすぐさま彼を見捨てて保身に走ったようですね。自分の屋敷《やしき》からも追い出され、身一つで寒空の下に放り出された冬雪は、憤怒《ふんぬ》の形相で叫んだそうです」

おのれ忌まわしき南条の者どもよ、誰のおかげでここまでの立場になったと思っている、この恩知らずめが！

おれを騙《だま》し、欺き、裏切った。この仕打ち、決して忘れはせんぞ。報いは必ず受けさせてやるからな、必ず、必ずだ！　おれの命に代えても、絶対に思い知らせてやる！

——永劫《えいごう》、呪われるがいい!!

憎悪に満ちた言葉が耳に聞こえるようで、小萩は鳥肌の立つ腕をそっとさすった。

「家から出ていった後の冬雪の消息は判《わか》りません。しかしそれ以降、南条家は立て続けに不幸に見舞われました。一族から大勢死人が出て、このまま血が絶えてしまうのではないかという時に、なぜかぴたりと止まった、とのことです」

立て続けに起こる不幸、一族が何人も死んで血が絶えそうに——それはそのまま、現在の南条家で起きている出来事でもある。

小萩は身震いした。

「で、では、その冬雪という人が悪霊の正体だと？」

「諸々《もろもろ》考え合わせると、その可能性が最も高いと思います。過去に起きた不幸が冬雪の呪詛によるものだとして、どうして一度は収まったのか。力が弱いとはいえその後も延々と悪霊の仕業と思われる事例が続いているのはなぜなのか。不明なことはまだ多くありますので、それをこれから探らないといけませんが」

そこで一旦言葉を切り、「冬雪というのは――」と、司朗は視線を下に向けた。

「興味を持ったらとことんまで知らないと気が済まない、可能性を感じたらあらゆることを試してみたくて仕方ない、自分の研究が第一で他人の気持ちを踏みにじることも厭《いと》わない、そういう人物だったんでしょうね」

「そう、でしょうか」

怖い人だ、とは思う。しかし司朗の印象はまた少し違うらしい。首を傾げた小萩をちらっと見て、司朗は自嘲めいた笑みを浮かべた。

「判るんですよ……先祖のそういうところが、僕にも間違いなく受け継がれていますから。冬雪のことを調べれば調べるほど、自分のイヤなところを鼻先に突きつけられているようで、さすがに気が滅入《めい》ってきました」

その言葉どおり、肩を落とす司朗は暗い顔をしていた。このところずっと疲れた顔をしていたのは、そんな理由もあったのだろうか。

しかしそれは聞き捨てならない。小萩は直ちに反論した。

「そんな、司朗さんはまったく違います！　司朗さんは優しいし、人を思いやる心を持っていますもの、絶対にそんな酷《ひど》いことはしません！　司朗さんが研究熱心なのは、それだけ植物をこよなく愛しているからでしょう!?　ぜんぜん違うじゃないですか！　いくらご先祖でも、その人はその人、司朗さんは司朗さんです！」

両手の拳を握って力説する小萩の顔を、司朗は珍しいものを見るようにまじまじと見て、ふっと目元を和らげた。

「――冬雪の周りにも、小萩さんのような人がいたらよかったんでしょうにね。いや、いたとしても、その尊さを理解できなければどうしようもないか……。その点、花音子さんとりくのさんは、まだ救済の目があります。彼女たちは悪霊に操られている部分が大きいようですから」

「操られる……」

「花音子さんも、りくのさんも、最初のうちは個人的な恨み言しか口にしていなかったんでしょう？　それが黒い靄《もや》が現れた途端、『みんな死んじゃえばいい』と言ったり、『子々孫々まで恨んでやる』と言ったりしている。姉と無理心中をした花音子さん、子の仇《かたき》である本妻を自分の手で殺《あや》めたりくのさんは、言ってみればもう自分たちの望みは果たしたことになるのに、この上さらに他の人間を呪う必要がありますかね？」

──南条家など一族郎党みな滅びてしまえばいい！

興奮したりくのが叫んでいた言葉だ。つまりあれは彼女自身の本意ではなく、言わされたものだった、ということか。

あれが黒い靄……冬雪の「宿願」。

彼に魂を囚《とら》われた花音子とりくのは、それが自分の望みだと思い込まされている。愛《いと》しい者たちがすぐ近くで待っているにもかかわらず。

「……可哀想《かわいそう》に」

目を伏せて、小さな声で呟くと、司朗も頷いた。

「そうですね、可哀想です。彼女らは魂だけとはいえまだ『人』だ。悪霊のほうは、かつては冬雪という人間であったとしても、今は憎悪に凝り固まった妄念でしかない」

妄念、と小萩は胸の中で繰り返した。

「──黒い靄が、わたしに言っていました。人の本質は愚かで醜く浅ましいもので、それはわたしの中にもあると。どろどろに濁って、腐臭を発しているだろう、と」

おまえも一度じっくりとそれと向き合ってみるといい、と笑いながら言われた。

そうなのだろうか。普段の自分はそれを見ないようにしているだけなのだろうか。覗《のぞ》いてみれば、そこには一体どんなに真っ黒なものが隠れているのだろう。

「馬鹿馬鹿しい」

きっぱりとした司朗の声に思考を断ち切られ、小萩は視線を上げた。

「そんな戯言《たわごと》を、小萩さんが気にする必要はありませんよ」

「……でも、わたしも弱い人間ですから。いつも迷ってばかりで、美音子さまのような気の強さも、陸ちゃんのような意思の強さも、新之輔さまのような力強さもありません。自分一人では何もできず、誰かの役に立つことも……」

子どもの頃から頭を押さえつけられて生きてきた。いくらつらくても、状況に抗《あらが》うなんて思いもしなかった。ひたすら耐え忍ぶことでしか、やり過ごすすべを知らなかった。きっと、美音子ならやり返しただろう。陸なら上手《うま》く避けただろう。新之輔ならそもそもそんなことにはならないだろう。

小萩は彼らのように強くはなれない。ようやく養家から解放された今でも、他愛もないことで気持ちがふらふらと揺れ動いている。舞い上がったり、落ち込んだり、心配になったり、悲しくなったり。

司朗が自分に向けるものが、ただの同情や憐《あわ》れみなのではないかと不安になって、けれど確認する勇気もない。

不安なのは、それだけではもう足りないからだ。妻として、一人の女として、司朗に認めてもらいたい、愛してもらいたいと、大それた望みを抱いているからだ。自分からは何も行動を起こせない意気地なしのくせに。

……小萩は弱い上に、強欲だ。

「小萩さんは十分、役に立っているじゃないですか。小萩さんがいなければ、元凶の存在なんてものも知り得ませんでしたよ」

「わたしができるのは、見たり、見せたりすることだけです。生まれついての、おかしな力のおかげです。そこからどう対処するかということが最も重要なのに、わたしにはその能力はないんです」

慰めの言葉にも耳を貸さず、強情に唇を引き結ぶ小萩を見て、司朗は「うーん……」と頰を指先で掻《か》いた。

ああ、困らせてしまっている。

「──あの三人が、いろいろな意味で逞《たくま》しいことは認めます。でもね小萩さん、それは本当の意味での『強さ』とは、また別だと思いますよ。それに、弱いというのは罪ではない。大事なのは、自分がその弱さを受け入れられるかどうかじゃないですか」

「受け入れる？」

小萩が目を瞬《またた》いて問い返すと、司朗は苦笑した。

「いや、僕がそんなことを偉そうに言える立場ではないんですけどね。僕もまた、弱いですから」

「そんな……司朗さんは」

司朗はいつでも落ち着いていて、頭が廻《まわ》り、場の状況に応じて的確な判断ができる。悪霊の目的と理由が摑《つか》めたのも、彼の働きによるものだ。小萩ができないことを、司朗はいとも容易《たやす》くこなしてしまう。

そんな人に弱いところなんて……と言いかけた小萩を遮るようにして、司朗は軽く手を上げた。

「いいえ。小萩さん、以前までの僕はね、自分の好きなことだけをして、他のことにはほとんど興味を向けませんでした。物にも、人にも。……最近になって、つくづく思うんです。そういう自分はなんと出来損ないの人間であったのだろうと」

呟くように言って、顔を庭のほうに向ける。

「それは結局、どこまでも自分のことしか考えていないということなんです。そりゃ、そんな自己愛の化け物には、弱いところなんてなかったでしょう。だから悪霊の影響も受けなかったんだと思います」

幸か不幸か、と付け加え、小さく笑った。

「でも近頃の僕は、いつも自分ではない誰かの心配をしていたり、自分の力の及ばないことに不安を覚えたりしています。意味のないことだと判っているのに、他の人と自分を引き比べて勝手に僻《ひが》んだり、嫉妬をしたり」

嫉妬、という司朗には似合わない単語が出てきて、小萩はびっくりした。司朗でもそんな気分になったりすることがあるのか。彼が比べてしまう人とは誰だろう。同じ植物学者に対してだろうか。

「あのっ、わたしはそういう世界のことは存じませんが、司朗さんは誰より熱心で立派な学者さんだと思います。わたし、司朗さんが植物について楽しそうに語るお姿を見るのが、いちばん好きですし！」

「…………」

意気込んで言う小萩を、司朗は無言で見つめてから、小さく噴き出した。

「あ……ありがとうございます……小萩さんはほんと……いや、そこが小萩さんのいいところなんですけど」

口元を手で押さえ、ひとしきりくすくすと笑う。それから柔らかく目を細めた。

「僕も、食事のたびに小萩さんが料理の説明をしてくれるのを見るのが、好きですよ」

好き、という言葉に、一瞬心臓が跳ねた。

「小萩さんがにこにこしながらお茶を差し出してくれたり、その日見た雲の形について一生懸命話したり、頭に手拭いを巻いて真剣な顔で掃除していたり、毎日欠かさず『いってらっしゃい』『おかえりなさい』と言ってくれたり……そういう日常の中の小さな一つ一つの積み重ねが、今の僕は素直に楽しいと思えます。小萩さんがそこにいてくれるだけで、とても心が安らぐんです」

「……そんなことで？」

特別なことなんて何もない。普段、当たり前にやっていることばかりなのに？

「そうですね、自分でも不思議なんですけど、生きていく上で、『そんなこと』は非常に重要なものだったんでしょうね。小萩さんと過ごす日々は、少しずつ僕を、出来損ないからちゃんとした『人』にしてくれているような気がします。――そしてきっとね、美音子さんと陸くんも同じだと思いますよ。妹と母を失ったあの二人にとって、小萩さんの存在は大きな慰めになっているはずです。あと一人……は、まあ……」

もごもごと言葉を濁してから、司朗は咳払《せきばら》いをした。

「――だから、誰の役にも立てないなんて、考えることはありません。先祖がどうであろうと僕は僕だと小萩さんは言ってくれましたが、僕も同じことを言いましょう。小萩さんが小萩さんだから、救われる人がいるんです」

「司朗さん……」

小萩は膝の上で両手を強く握り合わせた。

うっかりすると、目からぽろっと涙がこぼれ落ちてしまいそうだ。力を入れた唇が、引き攣《つ》るように小刻みに震えている。

「人になってきた僕は、同時に弱くもなりました。あれこれ惑うことも、怖いと思うこともある。花音子さんもりくのさんも、そういうところに付け込まれ、利用されたんでしょうね。僕もそれがようやく芯から理解できた気がします。……正直言って、あの三人に協力すると申し出たのは、行きがかり上仕方なく、という面もあったんですが」

そう言って、司朗がまっすぐ小萩を見据えた。迷いのない、明るい瞳をしていた。

「今こそ僕は自分の意志で、この家に取り憑《つ》いた呪いを解こうと思います。小萩さん、手伝ってくれますか」

「……はい！」

彼の口調に気負うところはなかったが、決意は十分伝わって、小萩は大きく頷《うなず》いた。それが南条の末裔《まつえい》としての義務だから、などと言わないところが司朗らしいところで、そして司朗のいいところだと思った。

「それで、えーと、小萩さん」

司朗がまた咳払いをした。今度はさっきよりもさらにわざとらしい感じがする。

「はい？」

「そういうことなので、ちょっとあの、手を……」

「手？」

そういうことなので、の意味が判《わか》らないまま、こちらに差し伸べられた司朗の手をじっと見つめる。一拍置いてから「ああ！」と気がついて、小萩はそこに自分の手をぽすんと載せた。

掌《てのひら》を上にして。

「……いや……そう、ではなく」

「暗いけど見えますか？　ご心配なく。ほら、もう赤みも引いて、すっかりよくなったでしょう？　司朗さんの額の傷はどうですか？」

「あー……そうですね。だいぶ目立たなくなりました、ね……」

「よかったです」

安心してにこっとしたら、司朗も笑い返してくれた。

なんとなく、複雑そうな笑顔であったが。

＊＊＊

それから十日ほどが過ぎた頃、司朗から招集がかかった。あの三人を呼び出してほしいという。

小萩が名を呼びながら屋敷《やしき》内を廻ったら、新之輔、美音子、陸はすぐに現れた。どうやら彼らもそれぞれ待ちきれない気分でいたらしい。その表情には、期待と不安が半分ずつくらいの割合で乗せられていた。

「とりあえず、先日小萩さんと推論を立てたところから説明しますね」

居間に全員が集まったところで、司朗がそう切り出した。

調べたのも推論を立てたのも司朗一人の功績なので小萩は身を縮めたが、彼は構うことなく話を続けた。その説明は小萩の時に比べ、ずっと滑らかで淀《よど》みがない。これの予行演習に付き合ったのだと思うことにしよう。

冬雪の所業の惨《むご》さに、新之輔と美音子は露骨に顔をしかめた。陸のような子どもに聞かせていいことではないので小萩はハラハラしたが、彼は今一つ理解しきれていないらしく、きょとんとしている。とりあえず、南条の先祖が何か悪いことをした、という部分だけは呑《の》み込んだようだ。

「……積極的に知りたい内容じゃないな」

腕組みをした新之輔が唸《うな》るように呟《つぶや》き、

「そんな鬼畜の上に南条家が成り立っているなんて……」

美音子は今にも吐きそうな顔をして袖先で口元を覆っている。

「小萩、コンパクってなに？　どうやって剝がすんだ？　果物の皮を剝《む》くみたいに？」

「え……えーとね、わたしも、難しいことはよく……」

無邪気に訊《たず》ねてくる陸に、小萩は首を傾《かし》げて誤魔化した。

「落ち込むのは後にしてください。質問も後で。本題はここからです」

掌で卓袱台《ちゃぶだい》をパンパンと叩《たた》く司朗は容赦ない。本題ということは、これはあくまで前置きに過ぎないということだ。全員が緊張したように顔を引き締めた。

「ということは、進展があったんだな？」

「ありました。思ってもいない形で」

新之輔の問いに奇妙な返答をしてから、司朗は小萩のほうを向いた。

「実はあれから、面白いことが起きましてね」

「面白いこと、ですか？」

あれからとは、縁側での話からということだろう。司朗は少し口角を上げているが、面白いとはどんなことなのか、小萩にはさっぱり見当もつかなかった。

「南条の当主たちが残した日記、記録、それらの冊子や巻物類は、すべてまとめて納戸内に保管されています。一応年代順に並べられてはいるんですが、大変な量ですよ。どっさり積まれたその中から冬雪の時代周辺に絞って探すのも一苦労で、これは時間がかかりそうだと僕も覚悟していたんですが……それがね」

何が楽しいのか、くすくす笑い出した。

「そのうちの一冊が、なぜか光を放っていて」

はあ？　と一同が揃《そろ》って口を開けた。

「光ってなんだよ」

「なんなんでしょう。僕もよく判りません。とにかく、大量の冊子の中で、一つだけ発光しているものがあったんですよ。まるで、自らの存在を主張しているみたいにね」

小萩と三人の幽霊は互いの顔を見合わせた。新之輔は困惑顔、陸は何か言いたげに小萩のほうに身を寄せ、美音子に至っては「司朗がおかしくなっちゃったわ」とはっきり口に出している。

「し、司朗さん、少しお休みになったほうが」

やっぱり根を詰めすぎたのだろう。小萩が両眉を下げると、司朗は軽く手を振った。

「いや大丈夫、寝惚《ねぼ》けているわけではありません。正直に言えば僕も、夢でも見ているのかなと思ったんですが、手に取ってみたら、このとおりちゃんと現実でした」

そう言って、司朗が横に置いてあったものを持ち上げる。古ぼけたその冊子は、あちこちが破れて黒くなっているが、なんの変哲もなく見えた。

無論、光を発したりしていない。

「まあ、幽霊とか悪霊とかが身近にいるわけですから、そういう現象が起きても不思議ではないでしょう」

あっさりと言う司朗は、それについてはあまり気にしていないようだった。小萩もそうだが、いろいろと不可思議なことがありすぎて、感覚が麻痺《まひ》してきているのかもしれない。

「では、ここで改めて考えてみませんか。かつて南条の家で続いた人死にが、一旦は途切れたのはなぜか。悪霊の存在はまだ残っているものの、その力が弱いのはなぜか。大体どうしてあの悪霊は、南条家に取り憑いているのに南条の人間の血が苦手なんていう、致命的な弱点を抱えているんですかね？」

小萩はぽかんとしたが、新之輔は「……つまり」と難しい表情で口元に拳を当てた。

「悪霊の力をそこまで弱らせた何者かがいる——と」

「たぶん、そういうことだと思います。その人物は、冬雪の呪詛《じゅそ》を打ち破るか返すかして、相手に大きな打撃を与えた。もしかしたらその時に、血を使ったのかもしれません。その結果、おそらく冬雪は死んだんでしょう。そして残りわずかな力を振り絞って悪霊となり、なんとか本家にへばりついて、削られた力を少しずつ取り戻し蓄えていくことにした——そう考えれば辻褄《つじつま》は合います」

数百年かけて、少しずつ。恨みや憎しみの念を人から引き出して、それを自分の栄養にしながら。

小萩は、庭の低木のことを思い出した。

もうすっかり大部分の葉が茶色くなってしまった南天。

あの木が完全に枯れ果てて、魔除《まよ》けの意味をなさなくなった時こそ、悪霊の力が満ちるということなのだろうか。

そうなったら、今はまだ花音子たちの後ろで暗躍するだけの黒い靄《もや》が、南条本家の最後の一人である司朗に対してどんな災いを引き起こすのか、予想もつかない。

「で、その何者かっていうのが……」

新之輔の視線が古い冊子に向かった。司朗は頷いて、持っていたそれを丁寧な手つきでめくる。慎重に扱わないとすぐに崩れ落ちそうな冊子は、中身があまりないのか非常に薄かった。

「ここに小さく名前があります。読みにくいですが、たぶん『夏雲《かうん》』だと」

司朗が指差す箇所を小萩も覗《のぞ》いてみる。流れるような筆致は馴染《なじ》みがなくて大いに戸惑ったが、言われてみれば「夏」「雲」という文字に見えた。

夏の雲——冬の雪。

「冬雪の身内か」

張り詰めた声で出された新之輔のその問いに、司朗はもう一度頷いた。

「家系図を見てみたら、冬雪の末の弟として名がありました。この人物については、冬雪よりもさらに不明な点が多いです。夏雲もまた陰陽師《おんみょうじ》で、独身のまま亡くなったようだ、というくらいですね」

兄弟、と新之輔が呟いて、口を噤《つぐ》む。いつも闊達《かったつ》な彼らしくもなく、その表情にはどこか沈痛なものが含まれているように思えた。

「夏雲が兄と対決することになった理由も経緯も判りません。それが南条家の者としての責任だと思ったのか、単に自分にまで危害が及ぶのを怖《おそ》れただけなのか……。どちらにしろ、自分がやり残したことの後始末を子孫に——その魂を留め置いてまで押しつけるとは、迷惑極まりない話ですが」

司朗は冷淡に言い放った。

「ねえ、後始末ってことは、解決策が見つかったってこと？　あの悪霊をどうにかして、花音子たちの魂を解放できるの？　その本に何か方法が書いてあったのね？」

美音子が勢い込んで訊ねる。陸は小萩の近くから離れなかったが、視線は司朗に据えられたままぴくとも動かなかった。

「たぶん」

「たぶんたぶんって、さっきから頼りない！」

「実際にやってみないと判《わか》らないんだから仕方ないですよ」

「あんたのそういうところ、ものすごく苛々《いらいら》させられるわね！　大体、その夏雲ってやつは、なんだってきっちり退治しておかなかったのよ！　そうすればこんなことにはならなかったのに！」

「まったく同感ですが……彼にも事情があったんじゃないですか。予想外の出来事が起きたとか、その時には何かが足りなかったとか」

「何かってなによ」

「さて……何でしょうね」

意味ありげに言って、司朗がちらっと小萩を見る。なぜ見られたのか判らないので、小萩は肩をすぼめてもじもじした。

「それで、どんな方法なんだ？」

逸《そ》れていく話を戻したのは陸だった。いつもならこういう役目を担うはずの新之輔は、さっきからずっと何か考え事をして黙ったきりだ。

「冊子の破損がひどくて、肝心なところがほとんど読み取れないんですが……とにかく判ったのは、破魔矢が必要、ということのようです」

司朗の返事に、小萩は目を瞬《またた》いた。

「破魔矢って、あの、お正月に神社でいただく……」

「そうですが、正月飾りのために大量生産した破魔矢でいいというものではないんです。魔を祓《はら》い、邪を破る、そのためにきちんと念を込めた破魔矢と破魔弓、これが揃っていないと意味をなしません」

面倒くさいわね！　と美音子が短気なことを言った。

「じゃあすぐにその破魔の弓矢とやらを出しなさいよ」

「ここにはありません。代々受け継がれていたものがあったらしいんですが、昔、火災が起きた時に周りのものがほとんど焼失した中でそれだけが無事だった、という不思議なことがあって、気味悪がった当時の当主が南条家ゆかりの神社に奉納してしまったそうなんです。確認してみたらまだそこにあるということなので、事情を話して借り受けるよう頼んでみます」

「だったらすぐに行ってきなさいよ！」

「もちろんそのつもりですが、その神社は少々遠方にあるので、今から出ても、戻るのは明日か明後日《あさって》になるかと……」

「え、え？　司朗さん、その神社に行かれるんですか？　今から？」

早口で急《せ》かす美音子と、それに淡々と返す司朗の間でうろうろと顔を動かしていた小萩は、一足飛びに出てきた結論に、すぐには理解が追いつかなかった。

今から出発？　そして帰るのは明日か明後日？

唖然《あぜん》としている小萩に、司朗が少し申し訳なさそうな顔になる。

「悪霊の出現に間が空くのは、おそらくあちらも美音子さんたちと同じく、姿を現していると消耗するからだと思います。力を取り戻すまではなるべく温存しておきたい、というのもあるでしょう。しかしあちらがいつまた動き出すのか判らない以上、一刻も早く対抗策を用意しておくに越したことはない。かなりの強行軍になるので、小萩さんを連れていくことはできません。留守をお願いできますか」

「あ、はい、それはもちろん……ですけど司朗さん、ただでさえお疲れなのに」

「僕のことは心配いりません。それよりも小萩さんのことが気がかりです」

「わたしですか？」

「僕がいない間、絶対に無茶なことはしないでくださいね。もし少しでも何か異変を感じたら、すぐにこの家の敷地《しきち》から出ること。いいですね、小萩さん」

「は、はい」

念押しする司朗の真剣な顔と口調に、少々たじろぎながら頷《うなず》く。もしかして、また小萩が悪霊めがけて茶碗《ちゃわん》を投げつけたりするのではと心配しているのだろうか。

「小萩のことはおれたちに任せておけって」

「そうよ。私たちがいるんだから大丈夫に決まってるでしょ」

陸が自分の胸を叩き、美音子が高飛車につんと顎を上げる。司朗はちょっと眉を寄せたが、反論はせずに軽く頭を下げた。

「――では、ご先祖、大叔母上、伯父上、不本意ですが、よろしくお願いします」

「なんで不本意なのよ！」

と、美音子がぷんぷんしながら言い返した。

宣言どおり、司朗はそれからあっという間に支度を済ませて屋敷《やしき》を出ていってしまった。

以前も思ったが、彼は一度決めたら非常に腰が軽い。おっとりしているように見えて、実はかなり行動的な性格なのかもしれなかった。

どんなに急いでも帰るのは明日の夜だという。無理はしてほしくないが、なるべく早く戻ってきてもらいたい。小萩の考えも大概矛盾している。

待っていると時間が長く感じるもので、あれこれ仕事を見つけて忙しく働いていても、時計の針の進みはいつもよりずいぶんとゆっくりだった。

美音子と陸は、司朗に請け負った手前か、日中ずっと小萩の傍についていてくれたが、夜になると二人とも「もう限界」と言い残して消えてしまった。いつもよりも長いこと姿を見せていたから疲れたのだろう。最後のほうは半分くらい身体《からだ》が透き通っていた。

一人になると、なおさら静寂が身に染みる。このまま眠る気にもなれず、小萩は縁側に出た。

ここで司朗と話した時、舟のようだと自分が評した月は、今日がちょうど満ちる日だったようだ。輝く真円が皓々《こうこう》とした明かりを地上に届けて、庭の植物たちの輪郭を白く浮かび上がらせていた。

季節はもう冬に入り、冷たい風がひゅうっと吹きつけてくる。司朗も寒い思いをしているのだろうか。風邪を引かないといいのだが。

「……あ」

この空の下のどこかにいる司朗の身を案じていた小萩は、暗闇の中、コブシの木のところに軍服姿の人影があることに気がついた。幽霊はそれぞれ好きな場所というものがあるのかなと思いつつ、そちらに向かって呼びかける。

「新之輔さま」

腕を組み、幹にもたれるようにして立っていた新之輔は、少し笑って「眠れないのか？」と返事をした。しかしその笑い方はいつもと比べて陽気さに欠ける。

沓脱石《くつぬぎいし》の上に置いてあった草履を履いて、コブシの木のほうへ歩いていった。

「身体が冷えるぞ、小萩」

「丈夫なので平気です。新之輔さま……も、平気そう、ですね」

「おかげさまで」

肉体を持たない新之輔がおどけるように言って軽い笑い声を立てる。小萩は笑っていいかどうか判らなかったので、曖昧な表情しかできなかった。

「……ここで何を考えていらっしゃったんですか？」

「まあ、いろいろとね。冬雪ってのはどういう人間だったんだろうとか……夏雲ってやつは、自分の兄貴のことをどう思ってたんだろう、とか」

新之輔の視線が横へと逸れた。

「そりゃ、腹を立てただろうし、許せないとも思っただろうさ。信じられない気持ちも、悔しさも、嘆きもあったはずだ。——でも、どうしようもない罪悪感も抱いていたんじゃないかな」

「罪悪感、ですか。兄を止められなかったことに対しての？」

「そうだな、もちろんそれもあるだろうが……」

新之輔は小さな声で言って、顔を上に向けた。闇の中にある美しい月も、彼の目にはあまり映っていないらしかった。

「これはあくまで想像だがね……夏雲ってのは、呪詛《じゅそ》を返したり、答えに辿《たど》り着けそうな子孫のために手がかりを示してやれるようなやつなんだろう？　それこそ、『人にはない力』の持ち主だ。だとしたら陰陽師として、兄の冬雪よりよほど才能があったということじゃないか？　もしも本当にそうだったなら、冬雪は焦っていただろうな。いつ、自分の立場をそいつに奪われるか判らないんだから。……案外、冬雪が人の道を外れるようなことをしたのは、それが理由だったんじゃないのかねえ」

頭上に視線を向けながら訥々《とつとつ》と語る。新之輔は無表情だったが、その声には隠しきれない苦さがあった。

小萩は少し迷ったが、思いきって訊《たず》ねることにした。

「……魂を囚《とら》われているもう一人の方は、新之輔さまのお兄さまですか」

新之輔は夜空から小萩へと目を移して、苦笑を浮かべた。

「さすがに小萩でも判るか」

「小萩でも、は余計ですよ」

むくれてみせると、新之輔が笑った。今度はいつもの彼の笑い方だったので、小萩はほっとした。

「司朗ももうとっくに気づいているんだろうがな。二人とも、今まで触れないようにそっとしておいてくれたんだろ？　事情を知っておきたい気持ちはあっただろうに、そういうところ、おまえたちは似たもの夫婦だよなあ」

「そ、そうですか？」

「……俺、今、そんな恥じらうようなこと言ったっけ」

夫婦、という言葉に反応してぽっと赤くなった頬を両手で押さえたら、新之輔は呆《あき》れた顔をしてから、からかうように口の端を上げた。

「まったく、小萩は健気《けなげ》なくらい司朗に一途《いちず》だな。普通、こんないい男が近くにいたら目移りしそうなもんだが」

不意に、その笑みが歪《ゆが》んだ。俯《うつむ》きがちになり、顔の半分が見えなくなる。

「──小萩みたいな娘が俺の傍にいたら、結果は違ったのかねえ」

独り言のようにぽつりと呟《つぶや》いた言葉は、以前司朗が言っていたことと似ていた。

眩《まばゆ》い月はすべてのものに等しく光を分け与えるが、幽霊である新之輔の身体はその恩恵にあずかれない。明るい輝きを反射させる周囲から彼だけが弾《はじ》かれているようで、それはひどく寂しく哀《かな》しい光景に思えた。

「兄は……錠之助《じょうのすけ》といううんだが、俺とは一つ違いだった。子どもの頃はそれなりに仲が良かったし、面倒見のいいしっかり者の兄のことを、俺は好いていたよ」

しかし兄弟はその性質がまったく異なっていた。兄は真面目で弟は要領がいい。兄は無口で弟はよく舌が廻《まわ》る。兄はコツコツと地道に物事に取り組むが、弟は一度やると大概のことはすぐに呑《の》み込んでしまう。

幼い頃の兄は「勤勉」と言われ、弟は「お調子もの」として揶揄《やゆ》と叱言《こごと》の対象だったが、その評価は二人が成長すると逆の形に変化した。一方は不愛想で一方は社交的、一方は鈍重だがもう一方には才覚がある、というように。

「兄は確かに不器用だった。だが少しずつ時間をかけてしっかりと自分のものにする堅実さがあった。俺は器用に一通りこなせるがすぐ飽きる。ただの性格の違いだ、どちらが良くてどちらが悪いということじゃない」

それでも周りは優劣をつけたがる。この場合、「劣っている」とされた兄のほうは、次第に自分の内側に閉じこもるようになっていった。兄弟の間に壁が生じて、話をしようとしても避けられ、弟を見る目には疎ましさが混じった。

「今になって考えてみたら、その頃から兄の耳には『姿なき声』が聞こえていたのかもしれない。だが当時の俺はどうしたらいいのか判《わか》らなくてね、手をつけかねていた。兄と対立する気はさらさらなかったし、だからといって自分を変えられるものでもない。ただ、これ以上近くにいるのは、おもに兄にとってよくないということだけは判った。それで軍に入って家を離れることにしたんだ」

軍での生活はそれなりに大変だったが、馴染《なじ》んでしまえばそう苦痛でもなかった。華族の特権で多少の融通はきくし、坊主頭にならなくても屁理屈《へりくつ》で切り抜けられる、と新之輔は皮肉っぽく笑って自分の短髪を指差した。

「兄とはもう一生会わなくてもいい、と思っていた。あちらも俺の顔なんざ見たくないだろうからな。だが、兄の婚約が決まったという連絡が来て」

婚約の相手は、兄弟の幼馴染《おさななじみ》でもあった娘で、子どもの頃は三人でよく遊んだ仲だった。良家のお嬢さんで苦労を知らず、朗らかで明るい女の子。新之輔にとっても可愛《かわい》い妹のような存在だった。

「親にうるさく言われたこともあるし、そういう相手じゃさすがに俺も手紙一つで済ませるわけにはいかない。二人を祝うため、里帰りした」

実家の庭で久しぶりに再会した幼馴染は、もうすっかり年頃の娘へと様変わりしていた。長く伸ばしていた髪を短く切り揃《そろ》え、昔は窮屈だとこぼしていた着物は、流行《はや》りのワンピースになっている。

新之輔は彼女に挨拶をして、以前よりも軽やかになった姿を褒めた。彼女は数年ぶりに会った新之輔を見て驚いたような顔をしたが、にこやかに礼を言った。

新之輔さんも素敵になった、見違えた、と返した彼女は、弟を見るような目をしていた。それが判ったから、新之輔も笑って受けた。年齢はあちらのほうが下だが、実際もう少しで本当の弟になるのだし。

幼馴染も最初からこの婚約に乗り気だったということは聞いている。兄弟を表面的に見比べて勝手なことを言う連中とは違い、どちらのこともよく知る彼女は、きちんと一人ずつの良《い》い点悪い点を把握して、その上で兄を選んだ、ということだ。

——こんなに立派になるなら、婚約相手が新之輔さんでもよかったかもね。

だから幼馴染が出したその言葉は、笑い話にすることが前提の、単なる軽口に過ぎなかったのだろう。結婚という人生の転機を迎えて、つい口が滑るくらい気持ちが浮き立っていた彼女を、責めることはできない。

間が悪かったのだ、何もかも。

婚約を寿《ことほ》ごうと新之輔が口を開こうとした時、カシャン、という小さな音が耳に入った。

「……そちらを見たら、兄が幽鬼のようにひっそりと立っていた。俺と幼馴染を見る目には、はっきり判るほどの殺意があったよ。俺への憎悪に加えて、婚約者にも裏切られたと思ったんだろう。離れていたって意味はなかった。いつの間にか、兄の内側で育っていたものは、もう自分でもどうしようもないほど膨れ上がっていたんだ」

兄もなんとかそれを抑えようと努力はしていたのかもしれない。しかしその努力は、自分の婚約者の言葉を聞いた瞬間、無残にも弾け飛んでしまった。

「兄の手には、日本刀があった。父親が蒐集《しゅうしゅう》して飾っていたものだが、刀のことをよく知らないまま買い取ったものだから、鍔《つば》の固定が甘くて音が鳴る。俺はそれを見た時、急になにもかもが虚《むな》しくなってさ」

これでも新之輔は軍人だ。本気でやり合えば余裕で勝てた。しかしこちらの言い分にまったく耳を貸さず、自分の婚約者も信じようとしない兄を見たら、何もかもがどうでもよくなった。諦めが早いのは、昔兄にも指摘された、新之輔の大きな欠点である。

「ただでさえその頃の俺はちょっと厭世《えんせい》的になっていてね……軍内部の嫌なところも散々目にしたし、退廃的な華族のあり方にもうんざりしていた。女も男も俺の見た目や肩書きのほうにしか興味を示さないし、世界戦争のおかげで景気がよくなったと喜ぶようなやつらばっかりだ。その上、実の兄とも何一つ判り合えない。意義が見いだせないこんな生ならもう手離してもいいかな、と思って」

刀を振り上げる兄に、なんの抵抗もしなかった。

血飛沫《ちしぶき》が舞って、幼馴染が悲鳴を上げた。兄はそちらを鬼気迫る顔で睨《にら》みつけたが、腰を抜かしてへたり込む自分の婚約者に刀を向けることはなかった。震える手が兄の逡巡《しゅんじゅん》を物語っていて、ああ本当に彼女のことが好きだったんだなと、血だまりの中で新之輔は思った。

兄は昔から年下の幼馴染に優しかった。不器用なりに、懸命に好意を伝えようとしていた。それをからかう弟に拳骨《げんこつ》を落として、どうしたら彼女が喜ぶかと相談を持ちかけてきたりした。

兄と彼女が幸せな家庭を築くのを、心から願っていた。

三人で笑い合った時間も確かにあったのに、どうしてこうなってしまったのか。

「その後、兄も同じ刀で自害したらしい。そして魂を喰《く》われた、ということかな。まったくどこまで俺に迷惑をかけりゃ気が済むんだか」

新之輔は肩を竦《すく》めたが、その表情は翳《かげ》りを帯びている。美音子と陸同様、彼にとってもまた、兄は大事な人なのだ。

「……お兄さまを救ってさしあげましょう、新之輔さま」

ぐっと拳を固めて小萩が言うと、新之輔は目元を緩めた。

「悪いな、小萩をこんなことに巻き込んで。でも司朗の言うとおり、無茶はするなよ。勝手な願いだとは思うが、おまえたちには温かい家庭をつくってもらいたいんだ」

「あ……はい。それは、わたしも、そう願っていますけど」

小萩は両手を組み合わせ、もじもじした。

「でも、わたしと司朗さんは、まだ」

初夜も済ませていない——とは、さすがに言えず口を噤《つぐ》む。しかし下を向いた小萩を見て新之輔はそれを察したらしく、「あー……」と手で顎を撫《な》でた。

「うん、それはなあ……まあ今は、状況が状況だから」

言いにくそうなその様子に、小萩は慌てて手を振った。そんなことを言っている場合でないのは百も承知なのに、そこにこだわってしまう自分が恥ずかしくなる。

「そ、そうですよね。ごめんなさい、こんな時に、わたしったら」

「いや、祝言を挙げてからもうかなり経《た》つし、小萩としてはそりゃ不安だよな。司朗はたぶん、警戒してるんだろう。小萩が危ない目に遭う可能性を作りたくないんだ。もう少し待ってやりな、あいつもいろいろと我慢してるんだろうし」

我慢？

「それでも多少、口説くくらいのことはしてるだろう？」

「口説く……」

最初は軽口のつもりだったらしい新之輔は、小萩が真顔で首を捻《ひね》っているのを見て、だんだん心配そうな表情になってきた。

「うそだろ……少しも？　二人きりの時も？　せめて肩を抱くくらいはしただろ？」

「新之輔さまじゃあるまいし、司朗さんはそんな軽薄な真似《まね》はしません」

「おまえは俺をどんな男だと思ってるんだ。いやしかし、それはそれで問題だぞ」

「この間だって、まだご自分の怪我《けが》も完治していないのに、わたしの掌《てのひら》のほうばかり気にしていたんですよ。司朗さんは優しくて真面目だから」

「掌？」

十日前に司朗と交わしたやり取りについて話すと、黙って聞いていた新之輔はなんともいえない顔になった。

「ちょっと待て、もう一度詳しく説明してみな。司朗が決意表明して、自分の手を伸ばしてきたと」

「はい」

「で、おまえはどうしたって？」

新之輔があの時の司朗と同じようにこちらに向けて手を出してきたので、小萩は怪訝《けげん》に思いながらもそこに自分の手を載せた。載せたといっても空中で止めているわけだが、新之輔の手と重なっている甲の部分がひんやりした。

「……小萩。逆だ、逆」

「あっ、左手でしたか」

「ちがっ……掌《かし》が下！　引っくり返せ！」

は？　と首を傾げつつ、小萩はくるっと手を引っくり返した。

小萩の手が載った状態で、新之輔が五本の指を緩く曲げる。今度は掌全体がひんやりとした感触に包まれた。

しかし、この形は……

「あの……もしかして、これって」

「俗に言う、『手を繋《つな》ぐ』という行為だな。司朗はごく普通に、それはもうふつうううに、これがしたかったんだと思うが」

普通、をやたら強調されている。

「ええええ……！」

小萩は顔を真っ赤に染めた。今回ばかりは嬉《うれ》しさが一割、あとの九割は羞恥からだった。乙女の恥じらいとはまた別の意味で。

「司朗のやり方にも問題はあるが、しかしそれにしたってその場面でこれはないだろうよ、小萩。あの植物バカなりに、頑張っていい雰囲気に持っていこうとしたんだろうに……いかん、甥《おい》っ子が不憫《ふびん》になってきた……」

新之輔が目頭を押さえている。小萩はますます赤くなった。

「だってそんな意味だったなんて……！　新之輔さま、どうしたらいいですか！　もう一度やり直したいんですけど！」

「無理」

「そんなこと言わずに一緒に考えてください！」

カシャン。

新之輔に詰め寄っていた小萩の耳に、かすかな金属音が入ってきた。聞き慣れないその音は新之輔にも届いたらしく、彼の身体《からだ》が硬直した。

月明かりが照らし出す庭の中に、そのような音を立てるものはない。小萩はあたりを見回したが、何も見えなかった。

カシャン。

もう一度聞こえた。音の方向に顔を固定して、じっと目を凝らす。すぐ隣にいる新之輔の口から「……なんで」と強張《こわば》った声が漏れた。

闇の中から、じわりと浮き上がるようにして人形《ひとがた》が現れた。ぼやけた輪郭が次第にはっきりしていく。がっしりした体格の男性だ。頭は角刈りで、シャツとズボンを身につけている。そしてその手には——

カシャン。

鞘《さや》にも入っていない、剥《む》き出しの日本刀が握られていた。さっきから聞こえるのはこの刀の鍔鳴りの音だ。抜き身を曝《さら》け出している白刃が、不気味な光を放っている。

この男性が新之輔の兄、錠之助か。

「——しんの、すけぇ」

低い声で名を呼ぶ錠之助の目は、ひたと新之輔に据えられている。つまり、彼には最初から弟が見えているということだ。

なぜ、と小萩はうろたえるように思ってからハッとした。そうだ、さっき二人で手を重ねるようにして触れた。

しかし、今の状況で新之輔が見えるのは、どちらにとってもよくないことに思えた。錠之助の瞳は周囲の闇よりもなお暗く、深い恨みの念を宿している。弟の名を絞り出す唇は、歯軋《はぎし》りしそうなほど強く引き結ばれていた。

「新之輔……おまえ、このようなところで我が婚約者と逢瀬《おうせ》を重ねていたか」

錠之助の視線が今度は小萩に向けられた。その目は裏切られた絶望と激しい怒りで真っ黒に染まっている。彼には、小萩が自分の婚約者に見えているらしい。

「兄さん、やめてくれ。これは小萩だ、あいつじゃない。もう終わったんだ、すべて」

切羽詰まった表情で新之輔が小萩の前に出てくる。懇願するような口調には苦悶《くもん》が滲《にじ》んでいた。新之輔もまた、明るさの裏でいつも思い悩んでいたのだろう。

「終わってなどいない。これから俺の手で終わらせるんだ、新之輔。……おまえは昔から、なんでもできて、人の心を摑《つか》むのも上手《うま》かった。その顔で笑いかければ誰もがおまえの言うことを聞いた。しかし俺はおまえの口車には乗らない。おまえはいつも俺を馬鹿にして、軽蔑していたな？　婚約者にさえ厭《いと》われる俺を見て、さぞ面白かったろう。二人で俺を嗤《わら》っていたか？　好いた女を奪われても何も気づかない、哀れで愚かな男だと」

お調子者の弟と勤勉な兄。顔立ちも性格もまるで違っていても、分かち合い、認め合うことだってあったはず。それなのにいつからか一方には妬《そね》みと嫉《ねた》みが生まれて、こぽこぽとあぶくを立てていた。

それでも「声」に耳を傾けさえしなければ、また別の道があっただろうに。

「おまえが……おまえさえ、いなければ」

錠之助が刀をゆっくりと持ち上げる。小萩はすうっと息を吸った。

「錠之助さま！」

怒鳴るように呼びかけると、錠之助の身体がびくりと揺れた。新之輔まで驚いた顔で振り返る。

「錠之助さま、おやめください！　あなたはまた同じ過ちを繰り返すつもりですか！」

上がったままの状態で、刀が動きを止めた。錠之助の血走った目が新之輔の背後にいる小萩へと向けられる。憤怒《ふんぬ》しかなかった表情に、わずかな躊躇《ちゅうちょ》が見えた。

「……過ち、だと」

「そうです、間違いです。どうぞ曇りなき目で新之輔さまをご覧ください。囁《ささや》かれる声に惑わされてはいけません。誰よりも悔いておられるのは、錠之助さまご自身ではないのですか」

悔いている、と聞いて錠之助の口が曲がった。彼の中にはまだ「自分」が残っている。花音子もりくのも、そして錠之助も同じだ。悔恨の情があるからこそ、この世で魂が迷い、悪霊に捉えられてしまった。

「新之輔さまはあなたを見捨てられない。だから今もここにいる。大切なお兄さまだからです。錠之助さまがこのようなことになったのは自分のせいだと、責任を感じておられるからです」

だから、冬雪と夏雲のことも、他人事《ひとごと》として聞くことができなかったのだ。

腹を立てた。許せないとも思った。信じられない気持ちも、悔しさも、嘆きもあった。

――でも、どうしようもない罪悪感も抱いていた。

刀を向けられて、新之輔はなによりも悲しかったのではないか。

「新之輔さまを斬っても錠之助さまは決して救われません。救われなかったでしょう？ 錠之助さまはずっと、苦しい思いをされていたんじゃないですか。どうか新之輔さまの話を聞いて……ああ、もう、また！」

悔しくなって拳を握った。美音子のように地団駄を踏みたくなる。いつもいつも、もう少しというところであの靄《もや》が！

錠之助の傍らに現れた黒い靄は、若い娘の姿になった。髪の短い、清楚《せいそ》なワンピースを着た女性。確認するまでもなく判《わか》る。兄弟の幼馴染《おさななじみ》で、錠之助の婚約者であった人物だ。

「錠之助さま、しっかりして！　その声よりも新之輔さまを信じて！」

しかし、彼女が耳元で何かを囁いただけで、錠之助は顔つきだけでなく、まとう空気もがらりと変わった。物騒な雰囲気を漂わせ、こちらに向けられた瞳が剣呑《けんのん》さを増す。持ち上げたところで止まっていた刀が、ゆらりと揺れた。

「小萩、逃げろ！」

危険を察知した新之輔が叫ぶ。が、小萩が後ずさりした時にはもう、穴のように黒々とした目の錠之助がすぐ間近まで迫ってきていた。あっ、と思う間もなかった。

錠之助の刀が新之輔めがけて振り下ろされる。しかし霊体である彼の身体がそれを受けることはなかった。

すり抜けるように新之輔を通過した白刃は、その後ろにいた小萩を正面から勢いよく袈《け》裟《さ》がけにした。

「小萩！」

咄嗟《とっさ》に思ったのは、熱い、だけだった。しかし次の瞬間、灼《や》けつくような痛みが全身に襲いかかってきた。

「……けほっ！」

まるで熱した鉄の塊を飲み込んだようだ。呼吸ができず、その場に倒れ込んで胸を押さえ、激しく咳《せ》き込む。刀で斬られても血は出なかったが、その代わり、肺をぎりぎりと引き絞られるような苦しさに支配された。息を吸うのも吐くのも耐えがたく、血管が脈打つごとに激痛に苛《さいな》まれる。

頭がガンガンと割れるようで、耳鳴りがした。猛烈な吐き気で胃がせり上がってくる。のたうち回って喘《あえ》ぐことしかできない。

「あはははは！　あたしの邪魔をするからさあ！　ほら、とどめを刺しておやりよ！」

娘の顔をした悪霊が大笑いしている。

しかし錠之助は、悶《もだ》え苦しむ小萩を黙って見つめているだけだった。刀は下ろされたまぴくりとも動かない。表情は変わらないが、わずかに口が動いて、誰かの——女性の名を呟《つぶや》いた。

そして、ふうっと姿を消してしまった。

悪霊は舌打ちして、するりと黒い靄に戻り、自身も闇の中へと溶けるようにして消えた。

「小萩、小萩っ、しっかりしろ！」

血相を変えた新之輔が何度も呼びかける。小萩はしばらく咳き込み続けて、地面の上に転がっていたが、やがて喉に空気が入ってくるようになった。

それとともに、すっと身体が楽になった。

痛みが消え、あんなにも苦しかったのが嘘《うそ》のように、吐き気もなくなっている。

まだ呼吸を乱しながら、びっしょりと汗に濡《ぬ》れた顔を上げて、小萩はふらふらと身を起こした。

新之輔が目を瞠《みは》る。

「お、おい、起きて大丈夫なのか」

「は……はい、なんだかいきなり苦痛が消えて……」

何が起きたのか自分でも判らない。強烈な負の念に当てられて、間違いなく身体に異常をきたしたはずだ。以前はりくのに触れただけで手が赤く腫れ、その痛みは数日続いた。

小萩の場合、霊障は一過性のものではない。司朗が言っていたように、霊の影響を受けやすいのだろう。

斬られたところはどうなっているのかと着物の合わせから覗《のぞ》いたが、特にどうもなっておらず、汗ばんだ肌には痕さえついていない。ますます疑問が募り、確かめるように身体のあちこちをぽんぽんと叩《たた》いてみた。

そうしたら、懐の中から何かがはらりと地面に落ちた。

「あ……」

それを見て、小萩は大きく目を見開いた。

ずっとその場所に忍ばせていたお守り袋だ。司朗にもらった萩《はぎ》の押し花を入れて、肌身離さず持ち歩いていた、その守り袋が。

——まるで刀で斬られたように、すっぱりと分断されていた。

第五章　若夫婦の共闘

翌日の夜、大きな荷物を持った司朗《しろう》が屋敷《やしき》に帰ってきた。

そして、まだそんな時間でもないのに布団に入っている小萩《こはぎ》を見て、目を見開いた。迎えにも出なかったことを詫《わ》びるのを押し留め、枕元に座り、どうしたのかと心配そうに訊《たず》ねてくる。

「具合が悪いんですか」

「いえあのう……」

「何かあったんですね？　正直に言ってください」

誤魔化そうとしたのを気づかれたのか、すかさず怖い顔で詰め寄られた。仕方なく昨日の出来事を話すと、司朗はみるみる青ざめていった。

「あ、だ、大丈夫ですから。今はまったくなんともないんです」

上半身を起こしていた小萩は、その様子を見て急いで両手をぶんぶん振った。

「でも、こうして横になって」

「違うんです。これは新之輔《しんのすけ》さまがどうしてもと言うから」

小萩は大丈夫だと言い張ったのに、新之輔に土下座されんばかりに頼まれて、渋々横になっていただけなのである。今日は朝から一日中幽霊三人に見張られ、手洗いに行くだけでも大騒ぎされるので、身動きもままならなかった。

帰ってくる司朗のために温かい食事を用意しておきたかったのに、残念でならない。

この件に関して大変な責任を感じているらしい新之輔は、司朗にすごい剣幕で問い詰められて、言わなくてもいいことまですべて洗いざらい吐いてしまった。その横では、美音《みね》子《こ》と陸《ろく》がしょんぼりとうな垂れて正座している。

錠之助《じょうのすけ》の刀で斬られたと聞いて、司朗の顔からはますます血の気が引いていった。

また小萩の枕元に取って返して、どこがどのように痛かったのか、今はどんな状態なのか、後遺症はないのかと口早に質問を重ねてくる。普通に食べられるし、なんならすぐにでも立って働ける、という小萩の言葉はろくすっぽ耳に入らないらしい。いつも泰然と構えて冷静に状況を判断できる司朗からは考えられないほどの取り乱しようだった。

その時は苦しかったが今は本当になんともない、目に見えるような痕もないし、昨夜から異変もない、と何度も説明したが、司朗はなかなか納得しない。念のため医者に来てもらうと主張する彼を止めるのは、非常に骨が折れた。こんな元気な病人を診ても、医者は困惑するだけだろう。

埒《らち》が明かない問答を一時間ほど繰り返した後で、司朗はようやく口を閉じた。

片手で顔を覆って、はあー……と長い息を吐き出し、肩を落とす。肩と一緒に頭も下げてしまったので、掌《てのひら》に覆われた顔がどんな表情を浮かべているのか、小萩からは見えない。

「……しばらく、小萩さんと二人にさせてもらえませんか」

低い声だけが聞こえてきて、昨日からずっと眉を下げ続けている新之輔が「判った」と頷《うなず》いた。まだこちらを心配そうに見ている美音子と陸を促して、姿を消す。新之輔は最後に小萩に顔を向けて、すまん、と口だけ動かした。

部屋に二人きりになっても、司朗は長い間そのままの恰好《かっこう》で動かなかった。

あれだけ無茶はしないようにと釘《くぎ》を刺されていたのに、それを無視した形になってしまった小萩に対して怒っているのだろうか。叱られたらすぐに謝ろう、と身構えていると、ようやく司朗が顔を上げた。

怒ってはいない。だが、いつものように、穏やかな表情でもなかった。

思い詰めたような暗い瞳で、司朗はじっと小萩を見つめている。

「すみませんでした、小萩さん」

先に頭を下げられてしまって、小萩は慌てた。

「い、いいえ、あの、わたしこそ申し訳ありません。あれだけ司朗さんから忠告されていたのに」

「いや、僕が甘かったんです。僕が思うよりもずっと、悪霊にとって小萩さんは排除すべき脅威だったということに、考えが廻《まわ》らなかった。悪霊が狙っているのは南条《なんじょう》家の者だけだから……祝言は挙げたものの、まだ僕と本当の夫婦にはなっていない小萩さんは、その対象には入らないはずだと油断していました」

本当の夫婦ではない。司朗の口から出たその言葉が、ちくりと小萩の胸を刺す。

「こんなことなら、やっぱり――」

呟くように言って、また口を噤《つぐ》んでしまう。目を伏せた司朗を見て、嫌な予感が胸の中に広がった。

やっぱり？　やっぱりって、何が？

無言の時が続いた。張り詰めた空気が痛い。身じろぎもできないでいる小萩に、ようやく司朗が視線を合わせる。今までに見たことがないような深い懊悩《おうのう》に占められたその顔に、さらに緊張が膨れ上がって喉元を圧迫した。

「小萩さん」

司朗の声は重かった。

「――この家から、出ていってもらえませんか」

その瞬間、小萩の心臓がさあっと冷えた。

苦しくなったのではなく、痛くなったのでもなく、氷のようにきんと音を立てて凍ってしまったのだ。カチカチに固くなって、動かない。

「……なぜですか」

ずいぶん長く空いた間の後で、小萩の口から出た声はおそろしく低かった。

司朗の視線がわずかに逸《そ》らされる。

「養家に戻れとは言いません。大丈夫です、きちんと信頼できるところを見つけて、そちらに落ち着けるよう手配しますから。今度こそ、小萩さんが安心して身を置ける場所です。金銭的なことは僕が責任をもって支援しますし、なんの心配も——」

「そんなことを聞いているんじゃありません。なぜ今になってそんなことを言うのかとお訊ねしているんです」

小萩の口調は突き放すかのように冷ややかだった。こんな言い方ができるのかと、自分でも驚くほどだ。きっと鏡を覗き込めば、表情の失《う》せた白い顔が映っているだろう。

「……判《わか》るでしょう」

「いえ、まったく。頭の巡りが悪い小娘で、申し訳ございません」

ほとんど何も考えないまま、口だけが勝手に動いて憎まれ口を叩いている。一気に凍った心臓が徐々に熱を帯び始め、今度はぐつぐつと煮えたぎるようになってきた。

ああそうだ、小萩は怒っているのだ。生まれてはじめて、他人に対して本気で腹を立てている。視界が真っ赤に染まり、耳の奥でごうごうと唸《うな》るような音を立てるくらい、心の底から。

司朗はため息をついた。

「小萩さんをこれ以上、南条家の厄介事に関わらせたくないからです。この現状は、もともと先祖の悪行が招いた結果だ。その報いを受けるのは、南条の血筋の者だけで十分でしょう」

「つまり司朗さんは、わたしは南条とはまったく無関係の人間だとおっしゃりたいんですね。籍が入っているだけの赤の他人だと。南条家の嫁であることも、司朗さんの妻であることも、一切認めないし受け入れるつもりもないと、そういうことですね」

一本調子で言い募ると、司朗は眉を寄せた。

「……棘《とげ》のある言い方ですね」

「そう言っているようにしか聞こえません。では司朗さんも、親戚の方々と同じご意見だったということですか。こんな不出来な嫁はさっさと追い出して、もっといいお嬢さんを見つけたほうがいいと」

「どうしてそんな話に……それに僕はあの時、小萩さん以外の女性をここに迎えるつもりは一切ないと言ったはずです」

「でしたらただ単に、わたしがお気に召さないということでしたか。そこまで司朗さんに嫌われているとは存じませんでした」

「小萩さん、いい加減に――」

「今までわたしに優しくしてくださったのは、帰る場所のない気の毒な貰《もら》われ子に対する同情と憐《あわ》れみに過ぎなかったと」

「そんなわけないでしょう！」

司朗がはじめて声を荒らげた。眼鏡をかけたままでも、その目が険しさで強張《こわば》っていることが判る。

他人から怒気を向けられると、いつもならすぐに萎縮するか謝ってしまう小萩だが、この時ばかりはそうしなかった。むしろ司朗よりもさらに怒りを露《あら》わにして、きつく睨《にら》みつけた。

「だったら、なぜそんなことを言うんですか！　心配だから、不安だから、それがわたしのためだから？　いいえ、そんな言葉は聞きたくありません！　そんなのは優しさでも思いやりでもなく、ただの一方的な押しつけです！　司朗さんはわたしの気持ちなんてこれっぽっちも判ってない！」

眉を吊《つ》り上げ、叩《たた》きつけるように叫ぶ。

目の端は小さく震え、唇も引き攣《つ》っていたが、小萩は司朗を真っ向から見返した。目の前に透明な膜が薄く張っているのが悔しくてならない。ここでは絶対に泣いてはいけないのだ。涙がこぼれ落ちないよう、死に物狂いで耐えた。

「どうして、一緒に頑張ろう、と言ってくれないんですか？　そんなにわたしは子どものように頼りないですか？　余所《よそ》に追いやってしまえばそれで司朗さんは安心なんですか？　あの夜、司朗さんに『手伝ってくれますか』と言われて、すごく嬉《うれ》しかった……本当に嬉しかったのに、あの言葉も、その時のわたしの気持ちも、司朗さんはなかったことにしてしまうんですか」

手の甲で乱暴に目元を拭ってから、小萩は寝間着の袖の中に入れてあったものを取り出し、畳の上に置いた。

「これは……」

司朗が驚いたような声を出す。

二つに分かれたお守り袋の切り口からは、同じく真っ二つになった萩《はぎ》の押し花が覗《のぞ》いている。

「司朗さんからもらった萩の花が、わたしの身代わりになってくれました。わたしを守るようにと司朗さんが託したから、野守草《のもりぐさ》はこうしてわたしを守ってくれたんです」

目に力を入れて司朗を見つめ、必死に言葉を探した。いつも下のほうに押し込めていたばかりの自分の心が、少しでも彼に伝わるように。

「……司朗さん、わたしもこうでありたいと願っています。わたしは確かに弱々しくて、頼りなくて、何もできない非力な小娘かもしれませんが、それでもわたしだって、司朗さんを守りたい。わたしにとって誰より大切な人だから、司朗さんと過ごす日々がなにより大事だから、ずっと続けていきたいんです。司朗さんが楽しそうに植物の話をされるのを聞いて、一緒にご飯を食べて、小さなことで笑ったり怒ったりしたいんです。この家に置いてもらわないと困る、ではなく、この家にいたいんです。それがわたしにとって、いちばんの幸せだから」

「――小萩さん」

司朗は痛みを堪《こら》えるような顔をしていた。

膝に置いてあった彼の手が上がりかける。その手はどこに向けていいか迷うようにふらりと動いたが、迷った挙句にまた元の位置に戻ろうとした。だから小萩は自分から手を伸ばしてそれを追いかけた。

今度は間違えない。摑《つか》んだ司朗の手を、自分の両手でぎゅっと握る。

常に受け身で、人に従うことでしか自分を守れなかった小萩だが、この時ばかりは逃げることも諦めることもしなかった。それをしたら、小萩は一生自分のことが好きにはなれないと思った。

「わたしはこれからも、あなたの隣にいたいです」

司朗は黙り込んだまま、長いこと、小萩の手に包まれた自分の手を見つめていた。

しばらくして、小さな息を吐き出した。

「……すみません、小萩さん」

もう一度謝罪の言葉を出されて、小萩の目の前が真っ暗になった。

これだけ言っても伝わらなかった。駄目だった。自分の言葉では司朗の心を動かすことは叶《かな》わなかった――

うな垂れそうになった時、司朗の空いたほうの手が小萩の手に重ねられた。

力を込めて、握り返される。

「僕が間違っていました。今まで何も持っていなかったから、失うかもしれないというのが、こんなにも怖いことだと知らなかったんです。怖気《おじけ》づいて、弱気になって、逃げようとして、また小萩さんを傷つけてしまった。……毎回小萩さんに叱られないと、目が覚めない。こんな情けない男ですが、もう一度だけ、やり直す機会をもらえますか。小萩さんの夫として恥ずかしくない人間になれるよう、努力しますから」

まっすぐ視線が合う。司朗の言葉はいつもどおり真摯で、嘘《うそ》がなかった。

「……司朗さ……」

せっかくあれだけ踏ん張ったのに、小萩の目からはぼたぼたと大粒の涙が溢《あふ》れ出した。

みっともないから顔を拭いたいのに、自分の両手は司朗にしっかりと捕らわれていて、とてもそこから抜け出せそうにない。

「小萩さん、僕らの未来のために、ともに戦ってくれますか」

小萩は頷《うなず》いた。一度では足りなくて、何度も頷いた。その間にも大雨のように涙が流れ、頬を伝って落ちていく。息を吸おうとしたら、ひゅうっという掠《かす》れた嗚咽《おえつ》になった。

「し、司朗さん、は」

口から出るのはもう完全な涙声だ。

「わた、わたしのこと、嫌いでは、ないですか。それは、同情では、ないですか」

「好きです」

司朗はまっすぐ小萩を見つめて、はっきりとそう言った。

「ずっと前から、好きでした。……言ってませんでしたっけ？」

とぼけたような顔をして、少し笑う。この人はたまに憎たらしい、と小萩は思った。でもそういうところも含めて、すべてが愛おしい。

「わ、わたしも、司朗さんのこと、大好きです」

しゃくり上げながら、小萩も一生懸命に返した。

「司朗さんの、ちゃんとしたお嫁さんになりたいです。これからもずっとずっと、夫婦として、一緒にいたいです……」

びっしょりと濡《ぬ》れた頬を熟れたように赤くして、眉を極限まで垂らしている小萩の顔はさぞかし見られたものではないだろう。しかし司朗はこれ以上ないくらい、とろけるように優しい目をした。

ゆっくりと、司朗の顔が寄せられる。思わず目を瞑《つぶ》ったら、おでことおでこがこつんと当てられて、そのままぴったりとくっついた。

「……真っ赤ですね」

すぐ間近で、小さな声が囁《ささや》くように落とされた。吐息がかかるほどの至近距離に、ただでさえ熱くなった小萩の頭はもう沸騰寸前だ。

「まるで八重咲きの牡丹《ぼたん》みたいだ」

額を合わせたまま司朗の手が動いて、するりと指の腹で頰を撫《な》でられる。触れるか触れないかというささやかな感触に、ぴくりと小さく肩が跳ね上がった。こういう時こそ牡丹についての説明を延々としてくれればいいのに、司朗はわずかに笑んでいるだけだった。

まるで時間が止まったような静寂の中、心臓の音だけが頭にまで響いている。

耐えきれずに下を向いたら、司朗の顔が少し離れて、その代わり頭のてっぺんに柔らかい何かが押し当てられた。

「──結婚してはじめての共同作業が悪霊退治とは色気のない話ですが……首尾よく事が運んだら、その時こそ、『本当の夫婦』になりましょう、小萩さん」

それがどういう意味を指しているのかはもちろん判る。全身から湯気を出しそうになりながら、消えそうな声で「は……はい」と返事をした。

「が、頑張ります。いえっ、あの、悪霊退治のほう……上手《うま》くいくといいですね」

「祈りましょう。植物の神に」

まだ涙は残っているのに、真面目な表情で出された言葉に小さく噴き出してしまった。

司朗が信奉する神さまは、きっと全身が緑色をしていることだろう。

と、その時、

「……植物の神ってなによ」

「なあ、いつになったらあの二人、接吻《せっぷん》するんだ？」

「こらロク、ここから先は子どもが見るもんじゃない」

どこからか三人分の声がひそひそと聞こえてきて、司朗は苦々しい顔つきになった。

「――早急に片をつけないと、これじゃおちおち睦言《むつごと》も交わせない」

それから二人で目を合わせ、声を立てて笑った。


司朗が持ち帰った大きな桐《きり》箱の中には、一対の弓と矢が収められていた。

弓はまだ弦が張られていないので、一本の長い棒のような状態だ。そしてそれよりも短い矢が一本。どちらも煤竹《すすだけ》で、武骨な外観をしており、余計な装飾は一切施されていない。

矢には白い矢羽根がついている。

南条家に代々伝わるというからには、金銀の細工や房飾りのついた仰々しくも立派な代物なのだろうかと想像していたので、小萩はかえって驚いてしまった。厳《いか》めしい雰囲気は伝わってくるが、近寄るのも憚《はばか》られるほど畏れ多い、という感じは正直しない。

「地味でしょう」

司朗がちょっと笑ったので、小萩は自分の俗っぽさを窘《たしな》められたような気分になって、申し訳なさで身を縮めた。破魔のための弓矢なのだから派手である必要はないと言われれば、まったくもってそのとおりだ。

「僕も見せてもらった時には、『これが？』と思いましたからね。神社のほうも歴史は古そうなんですが、非常に小さな構えのところでしたよ。宮司さんはなかなか面白い人物でしたが」

司朗に「面白い人物」と言われるのなら、相当変わった人だったのだろう。小萩も少し興味が湧いた。

「これを借り受けるのは難しいのではないかと、ある程度覚悟して行ったんですが、案外すんなりと話が進みました。なんでも、宮司さんも他の人には見えないものが見える体質なのだそうで」

それを「体質」と表現するあたり、尊重はしても異端視はしない、という司朗の性格がよく表れている。

「こちらが切り出す前に、僕の用件が判《わか》ったらしいです。昨日から弓矢を収めた箱が訴えていたとか……これを必要としている者が、必要としている時に使えばいい、とのことでした。もちろん事情は一通り説明したんですが、『そりゃ大変だなあ』なんて呑気《のんき》に笑っていましたよ」

どうやら本当に変わった宮司であるらしい。司朗の顔つきを見るに、彼はその人物のことがかなり気に入っているようだ。

「一度あちらに奉納したものですから、あくまで借りるという形になります。『おまえさんが生き残れたら返却してくれりゃいい』だそうです。その時はたっぷり寄進もしてくれ、とも言われましたが」

生き残れたらなんて、縁起の悪いことを言わないでほしい。

「それでね小萩さん、ここからが重要なんですが」

司朗はそう言って、表情を改めた。

「宮司さんによると、破魔矢が必要ということは、当然それで射るものがある、ということらしくて……それは靄《もや》や霊体のようなあやふやなものではなく、ちゃんと実体のあるものであろうと」

「実体があるもの……ですか？」

小萩は目を白黒させた。どういうやり方をするのであれ、対象はあの黒い靄なのだろうと思い込んでいたからだ。

「例に出すのは申し訳ないんですが、神霊が人間界において示現をする場合、樹木や石や人などを依《よ》り代《しろ》にすると言われます。悪霊もまた、こんなに長い間呪い続けるからには、必ずこの地に自らを繋《つな》ぎとめるための何かがあるはずだ、というんです」

「何か……」

「それは人形かもしれないし、札かもしれないし、面かもしれないし、刀などの武器かもしれない。しかしとにかく、ちゃんと手で触れることのできる『物体』であろうということです。そうでないと、破魔矢で射貫《いぬ》けませんからね」

非常に納得できる話ではあるが、かといってそれで解決、ということではまったくなかった。

「ではその……依り代となっている『何か』を破魔矢で射れば、悪霊は消滅するということでしょうか」

「たぶん」

「逆に言うと、その『何か』を見つけられないとお手上げ……」

「たぶん」

小萩は眩暈《めまい》がした。あちらはもうすぐ力が満ちるというのに、今からその依り代を探し出すなんて、無茶もいいところだ。しかもそれは、どこにあるかも判らなければ、どんな形をしているのかも判らない。

「その宮司さんは、それがどんなものなのか、おっしゃっていませんでしたか」

「見るやつが見たら判る、とのことでした」

「そんないい加減な……」

なんの手掛かりにもならないではないか。

途方に暮れる顔になった小萩を見て、司朗は軽く噴き出した。

「小萩さんは本当に、自分のことを判っていないんですね……おそらくですが、『見る力』にかけては、その宮司さんよりも小萩さんのほうがよほど強いし、頼りになると思いますよ」

「わ、わたしですか？」

「そう。いいですか、小萩さん。今から僕が聞くことを、よく考えて」

司朗が人差し指を立てる。

「これまでこの家の中で、おかしなものを感じ取ったことはないですか？　いやもちろん、あの三人は除いてですが。おかしな、というのが判りにくいなら……そうだな、嫌な感じ、気持ちが悪い、なんとなく怖い、近づきたくない、そんな場所のことです。敷地内《しきち》のどこかであるのは間違いない」

困惑する小萩に手を差し伸べて進むように、司朗はゆっくりと、一つ一つ言葉を並べていった。

「たとえば空き部屋……棚の奥……天井裏……床下……庭……地面の下……蔵……」

「蔵！」

小萩は飛びつくように声を上げた。

ここに来て早々、胸がざわざわする感じがして、それ以来近寄りもしなかった蔵。重厚な雰囲気がそう感じさせるのだろうと思ったが、今にしてみれば、あれはそんなものではない。もっと早くに気づくべきだった。

あの蔵は黒い靄に似て、ひどく禍々《まがまが》しいのだ。

「蔵か……僕もあそこにはほとんど入ったことがないな……」

司朗は顎に手を当てて呟《つぶや》いた。

「でも、今までに出入りした人はたくさんいますよね？」

蔵にあるのは日常生活には特に必要ないものばかりだろうが、中には虫干しをしなければならない品もあるかもしれない。もしも不審なものがあれば、すぐに見つかるのではないだろうか。場合によってはその時に処分されたり壊されたりすることもあり得る。

「そうですね。以前は高価なものや貴重な骨董《こっとう》品が収められていたようですが、目ぼしいものは戦時中父がかなり売り払ったはずですし……すると、そうだな、たぶんその依り代は、普通の人間には見えない、ということなんでしょうね」

「見えない……」

悪霊によって人の目からは隠されている、ということか。家移りをしても、そのたびひっそりと他の荷物に紛れ込み、今も蔵の中の暗闇で負の念を放ちながら南条家の人々を呪っているのかと思うと、ぞわりと鳥肌が立った。

「おそらく僕にも見えないでしょう。でも、小萩さんなら」

小萩は表情を引き締めて頷《うなず》いた。黒い靄が見える小萩ならきっと、それが依り代としているものも見つけられるはず。

小萩が、司朗の「目」になるのだ。

ずっと、この力が重荷だった。どうして自分にだけ霊なんてものが見えるのだろうと、恨めしく思ったこともある。こんなものがなければ、いろんなことがもっと良《い》い方向にいくのではないかという気がしていた。

しかし実際は逆だ。この目のおかげで得たものは大きい。

自分が誰かの役に立てると判って、少しだけ誇らしくも思える。これまで小さく縮こまっていた身の裡《うち》の芯が、ようやくまっすぐに伸びた感じがした。

「とりあえず、今夜はもう遅いので寝ましょうか。小萩さんもゆっくり休んでください。明日、一緒に蔵に入りましょう。何が起きるか判らないので、僕もできるだけの準備をしていきます」

司朗の言葉に、小萩は決意を込めて「はい」と返事をした。

「――わたしが必ず、司朗さんを守ります」

明日、すべての決着がつくといい。

＊＊＊

そして翌日。

朝から緊張で強張《こわば》った顔つきをしていた小萩に、司朗は「これを持っていてください」と、一枚の紙を手渡した。

「なんでしょう？」

目を瞬《またた》いて受け取り、折り畳まれたそれを開く。

真っ白な紙の真ん中には、赤い文字で「萩《はぎ》」と書かれてあった。

「萩の押し花の代わりです。魔除《まよ》けとして効果的なものがもっと他にあるかもしれないんですが、そちら方面には詳しくないもので。今度もまた野守草に小萩さんの身を守ってもらおうかと」

「あ、ありがとうございます……あの、司朗さん、もしかしてこの赤い色……」

心配げな顔をする小萩に、司朗はバツが悪そうに頭をこりこりと掻《か》いた。その指先には包帯が巻きつけてある。

「すみません、血文字なんて気味が悪いと思いますが、少しだけ我慢してもらえますか。たぶん悪霊がいちばんイヤがるのはそれだと思うので」

「何をおっしゃってるんですか、もう！　そのためにご自分の指を切ったんですね⁉　こんなに血を出して痛かったでしょうに……傷は大丈夫なんですか⁉」

小萩に叱られて、なぜか司朗は嬉《うれ》しそうに目尻を下げた。

「大丈夫です。どちらにしろ、破魔矢の鏃《やじり》には僕の血を塗っておく予定なんです。確実な方法が判らない以上、やれることはすべてやってみようと思って」

依り代がちゃんと見つかるのか、いや見つかったとしても、本当に破魔矢でそれを射貫けば悪霊は消滅するのか、そこからして定かではない。司朗が「たぶん」を連呼するのは、彼も確証がなくて不安だからだろう。

もしも見つからなかったら？　失敗したら？　あちらから反撃してきたら？

心配事は限りなくある。しかしのんびりしている暇はない。司朗の身に何かあったらと思うと小萩だって怖くてたまらないが、今はこれで進んでいく他にないのだ。

「僕はこれから身を清めて、衣服を改めます」

「身を清める？」

「一度は神に捧《ささ》げたものを借りるんですから、こちらも相応の敬意を払わなければね。大体僕は弓矢なんて持ったこともないので、人ならざる力に頼るしかありません。こういう時こそ、先祖にツケを払ってもらわないと」

夏雲《かうん》のことを言っているらしい。司朗はあくまで悪霊退治の主役は破魔矢で、自分はその補助役、と考えているようだった。

「お手伝いしましょうか」

「いえ、気持ちを落ち着けないといけないのに、小萩さんが近くにいると平常心を保てませんから」

そんなにうるさく話しかけたりはしないのだが。

「しばらく待ってもらうことになりますが……その間、これを預かっていてもらえますか」

着物の袂《たもと》から出したのは、先端が輪になった真鍮《しんちゅう》の鍵だった。

「蔵の鍵です。あちらが邪魔をしないよう、それにも少し血をつけておきました。そうしておけばそうそう手出しはできない……と思います」

これも小萩の身を守るためのものなのだろう。相変わらず自身のことは気にしない司朗がもどかしい気もするが、昨夜の彼の狼狽《ろうばい》ぶりを思い出し、黙って受け取ることにした。

「判《わか》りました。お預かりします」

紙と鍵を胸に抱いて、しっかりと握りしめる。司朗はほっと目元を緩めた。

「僕が戻るまで、一人で蔵に入ろうとしたらダメですよ」

「そ、そんなことしません……」

当たり前のことを注意されて、さすがに赤くなる。司朗は小萩のことを、「目を離すと何をするか判らない危険人物」だとでも思っているらしい。

「子どもじゃないんですから」

「？　もちろん」

少し唇を尖《とが》らせて言い返したら、司朗は何を言っているのかというような、不思議そうな顔をした。

「僕は、結婚した時から小萩さんを子どもだと思ったことは一度もありません。だからこそ早くこの件を解決したいというのもあるんですよ。僕の忍耐にも限りがあるので」

意味ありげなことを言って、微笑する。

小萩はさらに赤くなった。

念入りに身を清めるため、支度が済むまで一時間ほどかかるという。

たかが一時間、されど一時間だ。ここからが正念場だと思うと、何かをする気にはなれず、かといって何もしないでいるのも落ち着かない。

庭に出て南天の様子を見にいくと、ほぼ枯れた姿が目に入って胸が苦しくなった。まるであの靄《もや》が発する黒々とした思念に食い尽くされようとしているかのようだ。残るわずかな緑の葉が、必死に抵抗しているように見えていじらしい。

「……わたし、頑張りますから」

小さく呟き、幹を撫《な》でるため、そっと手を出す。

すると突然、枝の先端がぽきんと折れて、掌《てのひら》の上に落ちた。

「えっ⁉」

小萩は慌てふためいた。まだ触れてもいないのに、どうして折れたのか。しかも水気が抜けて完全に枯れてしまったところではなく、まだ緑の葉がついている枝である。

枝を握っておろおろしたが、一度離れたものがまたくっつくはずもない。自分が話しかけたせいだろうか、とんでもないことをしてしまった、と青くなっていたら、風も吹いていないのに、南天の葉がカサッと小さな音を立てて揺れた。

その様子を見て、不意に思いついた。

「も、もしかして、わたしに、くれた、の……?」

南天に意志というものがあるのかは判らないが、これはまるで、「持っていけ」と言っているようではないか。

ただの偶然かもしれない。しかし実際のところはどうあれ、小萩はそう思うことにした。深々と頭を下げ、「ありがとうございます」と礼を述べる。

戦うのは小萩と司朗と三人の幽霊たちだけではない。この家のみんなで、悪霊に立ち向かうのだ。

南天の枝に、司朗からもらった萩の文字が書かれた紙を細く折って結びつけた。蔵の鍵とともに大事に懐にしまい、上からぽんと軽く叩《たた》く。司朗の愛する植物も、彼を守ってくれますように。

それからまた屋敷《やしき》のほうに戻ろうとしたら、視界の端をふわりと横切る人影が見えた。

――新之輔だ。

彼が向かっているのは蔵のほうだった。今朝がた三人に依《よ》り代《しろ》と蔵について説明した際、その時は自分たちも絶対に一緒に行くと勇み立っていたので、やはりじっとしていられないのだろう。

小萩は小走りで彼を追いかけた。

「新之輔さま」

蔵に続く飛び石の手前で声をかけると、振り返った新之輔は気まずそうに苦笑した。

「見つかっちまったな」

「今はまだ、あまり蔵には……」

近寄らないほうがいい、と言いかけたのを手で遮って、新之輔は頷いた。

「判ってる。すまん、どうしても落ち着かなくてな。遠目に眺めるだけにしようと思ったんだよ」

いかにも言い訳じみているが、気持ちは理解できる。それ以上咎《とが》めるようなことは言わずに、話の方向を変えた。

「美音子さまと陸ちゃんは？」

「あいつらもそのあたりをフラフラしてるよ。俺と同じで居ても立ってもいられないんだろう。ずっと長いこと、なすすべもなく見ているしかなかったんだから、無理もないさ。……ようやくだ。ようやく尻尾《しっぽ》を掴《つか》めた。今まではそこに尻尾があることさえ判らなかったんだから、大前進だよ」

いつも余裕のある態度でいることが多い新之輔が、興奮の抑えられない顔つきをしている。それほどまでにじれったい気分でい続けたということだろう。

新之輔はまっすぐ小萩のほうを向いて、真面目な表情になった。

「——ありがとう、小萩」

真情のこもった声音で言われて、うろたえてしまった。新之輔はからかうように笑っていないと、対応に困る。

「あの、いえ、わたしよりも司朗さんが」

「もちろん司朗にも礼を言う。しかし小萩は俺たちが勝手に巻き込んで、振り回してしまったからな。最初のうちは、便利なやつが来たなと思ったくらいだったんだが——」

「そんなことを思ってたんですか」

冗談交じりに膨れてみせたら、新之輔もやっと笑顔になった。

「いや、でも、今は本当に感謝してるんだ。小萩がこの家に来たのが何かの導きによるものだとしても、そこから考えて動いたのは小萩自身の意志だ。俺たちはみんな、おまえの優しさに救われた。ここにいるのが小萩でよかった。司朗の嫁になったのが小萩でよかったよ」

率直な物言いに、少し赤くなる。

新之輔は微笑《ほほえ》んでから、蔵のあるほうへと視線を向けた。

「……昨夜のおまえたちの言い争いを見ていて痛感した。俺も生きていた頃、こんな風に兄と喧嘩《けんか》をしていればよかったんだなあ、ってさ。兄弟だからって俺と兄は違う人間だ、言わなきゃ伝わらないものがあるに決まってる。俺たちは互いに、もっと言葉を尽くして話し合うべきだったんだ」

閉じこもる前に、勝手に決めつける前に、諦める前に。

「たぶん美音子と陸も同じことを思っただろう。双子の妹を同一視せず喧嘩をしてでも腹を割って話していればよかった、もっと素直に母親に甘えて弱いところを見せていればよかったと。……俺はあの時、兄を叩きのめしてでも止めて、馬鹿野郎ふざけんなって怒鳴りつければよかったんだ」

小萩から見える横顔は寂しげだった。いや、たぶん本当に寂しいのだろう。

「だが、いくら悔やんだところで、俺たちはもう、改めることはできないからな」

そこまで言うと、新之輔は顔を戻し、小萩と目を合わせた。

「生きている間なら何度でもやり直せるし、新しく始めることもできる。小萩たちには、これからもそうであってほしい。——頑張るんだぞ」

「……はい。肝に銘じます」

小萩は神妙に返事をした。

「黒い靄なんかに負けるなよ」

「はい、精一杯やります。わたしは司朗さんと違って、自分の目以外、なんの武器もないけれど」

そう言うと、新之輔は面白そうに笑った。

「何言ってるんだ。今の小萩には、それよりももっと大きな武器があるじゃないか」

「わたしにですか？」

「そうさ。その武器を携えて、司朗とともに戦うんだろう？」

「それって……」

どういう意味ですか、と聞こうとした時だ。

「おやまあ小萩、またそんな何もないところをじっと見て。おまえのその悪い癖はまだ直ってなかったのかい？」

聞き覚えのあるその声に、ぎくりと硬直した。条件反射のように身が竦《すく》む。長い間にわたって心と身体《からだ》に刻みつけられた記憶はそう簡単に薄れはしない。自分ではどうにもならない恐怖心が蘇《よみがえ》って、足元から震えがきた。

「久しぶりだねえ、小萩」

自分の後ろから養い親の二人が笑みを浮かべて向かってくるのを目にして、小萩の顔からざあっと血の気が引いた。

――どうして、よりにもよって今この時に。

「ど……どうしたんですか。今日来られるとは、何も……」

「おや冷たいねえ。我が子のように育てた娘がどうしているか心配で見にきたっていうのに、そんな言い方はないだろうよ」

青い顔でようやく口を開いた小萩に、養母が愛想よく笑顔を向ける。しかしその目はまったく笑っていない。小萩の頭からつま先までをじろじろと眺め廻《まわ》し、まるでどこから食いつこうかと考えているかのようだった。

「小萩、大丈夫か」

小萩の怯《おび》えようを見て、新之輔が顔を曇らせている。しかしそちらに視線は向けられない。少しでも隙を見せたら、ここぞとばかりに攻撃されることが目に見えている。

こんなところで時間をとっている場合ではない。司朗は今、一人で精神を集中させていることだろう。彼の邪魔をさせるわけにはいかなかった。

「申し訳ありませんが、司朗さんは今、大変にお忙しくて。ご用事があるのでしたら、後日わたしがそちらに伺いますから――」

そう言って、頭を下げる。小萩が下手に出ていれば、養い親たちはとりあえず機嫌を急降下させて騒ぎ立てることはない。これで帰ってもらえるなら、また養家に顔を出すことなど、まったく苦ではなかった。

「いいんだよ、ご当主に話があるんじゃない。用があるのはおまえなんだ」

養父の言葉に、小萩は訝《いぶか》しげに顔を上げた。

てっきり小萩をダシにして、司朗に無理な頼みごとでもしに来たのだと思ったのだが、違うのだろうか。とはいえ、まさか本当に小萩を心配して見にきたわけではあるまい。

「なあ、小萩」

養父が名を呼びながらこちらににじり寄ってくるので、小萩は思わず後ずさった。

祝言の日以後会うことのなかった養父だが、相変わらず強引な性格がよく表れた顔をしていた。眉が太く、目がぎょろりと大きい。養家で暮らしていた時は唇がいつも不機嫌そうに曲がっていたが、今は妙に不自然な角度で上がっている。

以前よりもさらに、雰囲気が荒《すさ》んだように見えた。

「聞いたぞ、先だっては他の親戚連中が、ここに大挙して押し寄せてきたというじゃないか。まったくふざけた話だぜ。俺たちはおまえの養い親だっていうのによお、知らない間に弾《はじ》かれてやがった」

憤懣《ふんまん》とともに鼻息を吐き出す。それを宥《なだ》めるように「まあまあ、あんた」と肩に手を置いて、今度は養母がずいっと前に出てきた。

「なんでも、みんなしておまえを責めたそうだねえ。ひどい話だよ。そりゃあおまえは貰《もら》われ子だけど、あたしがちゃあんと躾《しつけ》をしてやったんだから、他人にどうこう言われる筋合いじゃないのにさ」

躾、という単語に、少しだけビクッと肩が上がってしまった。新之輔が眉をひそめ、養い親たちがにやにやと笑う。

「だけど、その親戚たちをご当主が一刀両断したそうだね？　おまえ以外の女をこの家に迎える気はない、とまでおっしゃったと聞いたよ。本当かい？　ずいぶんとまた気に入られたもんだねえ」

「子どものようなナリでも、ちゃーんと男を骨抜きにする手管は身につけてたってことだなあ。こりゃあいい。ご当主はこういう貧弱な体つきがお好みだったんだろう」

二人して下卑た笑いを響かせる。小萩の頬が赤く染まったのを見て、何を勘違いしたのか、さらに笑いは大きくなった。

……わたしのことなら、いくらでも言えばいいけど。

震える手で、着物の生地が破れそうなくらい強く握りしめる。司朗まで平気で侮辱してくる二人に、そろそろ忍耐が尽きそうだ。怒っては駄目、言い返しては駄目。それをしたらこの人たちは手がつけられない。だけど——

新之輔が大きな舌打ちをした。

「小萩、気にするなよ。おまえは確かに豊満とは言い難《がた》いが、そういうのは華奢《きゃしゃ》で可憐《かれん》だともとれるんだからな。何事ものは考えようだ、落ち込むな」

小萩が腹を立てているのとはまったく別の部分を擁護している。余計に失礼なんですけど、と少しムッとしたら気が抜けて、身体から強張《こわば》りが取れた。

ちらっとそちらを見たら、新之輔は小萩と目を合わせて口の端を上げ、頷《うなず》いた。

——大丈夫、ちゃんと判《わか》ってる。

目が、そう言ってくれている。ずれたことを言ったのも、わざとだったのだろう。小萩も小さく頷き返した。

落ち込むことはない。卑屈になることもない。この二人に何を言われても構わない。

今の小萩は、一人きりで小さくうずくまるだけだった昔の小萩とは違う。

「……それで、わたしにご用とはなんでしょう」

小萩が俯《うつむ》きもせず、悲しげに眉を下げることもなく、しっかり顔を上げて訊《たず》ねてきたのが意外だったのか、養い親たちは笑みを止めた。一瞬片目を眇《すが》めたが、またすぐに口を取り繕ったような笑いの形にする。

「それがねえ、小萩」

養母がおもねるような目つきをした。

「最近、おじさんの仕事の調子がよくなくてねえ、いろいろと苦しいんだよ。ほら、うちはあんたっていう居候を養っていたから、その分の出費も嵩《かさ》んでただろ？　どうだろうねえ、その分を少しだけ、あたしたちに返しておくれでないかい？」

養父は商売をしているが、人に頭を下げることが嫌いな性分が災いして、以前からあまり上手《うま》くいっていなかった。子どもだった小萩を育てたことで余分な出費があったというのは確かだろうが、引き換えに無給の女中として働かされていた。

「――お金ですか」

小萩は忙しく頭を働かせた。いつかは金銭を無心されるだろうと予想していたので申し出自体に驚きはないが、いずれにせよそれは自分が返答できることではない。ここで司朗の名を出すのは心苦しいが、今はとにかく穏便に事を済ませたかった。

「では、司朗さんにその旨、ご相談してみます。今は取り込み中なので、お返事はまた今度に」

「ああ、もう、相変わらず気が利かないねえ！」

養母が苛立《いらだ》たしげに足踏みをした。

さらに距離を詰めてきて顔を近づけ、声を低める。

「ご当主にはわざわざそんなこと、言わなくたっていいんだよ。あんたがちょいとばかり持ち出して、こっそりあたしらに渡してくれればいいんだ」

「わたしはお金なんて——」

「だったら、金じゃないものを持ってきたらいい話じゃないか！　ご本家なんだから、この広いお屋敷《やしき》にはいくらでも値打ちものが転がってるんだろう？　あまり重いものは運びにくいからね、そうだ、先代の奥さんが持っていた指輪なんてどうだい？　以前、大きな石のついたやつをこれみよがしに指につけていたよ。なあに、バレたところで、あんたは当主に可愛《かわい》がられてるんだろ？　多少は大目に見てもらえるさ」

小萩は目を張り裂けんばかりに大きく開いて、養母を凝視した。

——つまり、盗《ぬす》っ人《と》の片棒を担げと。

「……嫌です」

考える前に口が動いていた。養父と養母が気を揃《そろ》えたように「はあ？」という顔をしたが、なおも続けて言葉を出すことにためらいはなかった。

「そんなことはできません。お断りします」

先代当主の妻は、司朗の母親だ。仲睦《むつ》まじい間柄ではなかったとしても、司朗にとっては唯一で特別な存在だ。そんな人の形見を盗むなんて、絶対にできない。

きっぱり突っぱねると同時に、養父の拳が唸《うな》りを上げて飛んできた。「小萩！」と新之輔が大声を出した時にはもう、小萩は側頭部を殴りつけられていた。

痛みと衝撃で、一瞬、気が遠くなりかけた。目の奥でちかちかと光が瞬《また》いてぐらりと大きくよろけたが、なんとか倒れずに堪《こら》えた。

「生意気なことを言うんじゃないぞ、小萩！　てめえ誰のおかげでここまで大きくなって、本家の嫁なんて立場にいられると思ってんだ!?　おまえなんざ俺たちがいなきゃ、そこらでのたれ死んでたんだ！　まさか俺たちより偉くなったとでも思い違いをしてるんじゃねえだろうな！　おまえは俺たちに恩を返すために生きてるんだ、そのために育てたんだからな！」

「嫌です！　司朗さんを裏切るような真似《まね》は死んでもしません！」

「なんだと、このガキが!!」

激昂《げきこう》した養父が、小萩の胸倉を摑《つか》んだ。ぐいっと引き寄せられ、今度は手の甲で頰を叩《たた》かれる。口の中で血の味がした。

頭を乱暴に鷲摑《わしづか》みにされて、お団子にしていた髪が解けて肩に落ちた。そのままがくがくと揺さぶられて、まともに立っていられない。

ふらついた拍子に、懐にしまっておいたものが、乱れた着物の合わせ目から落ちた。

小萩は咄嗟《とっさ》に、紙を結んだ南天の小枝を拾い上げた。しかし手を止めた養父の視線は、そちらではなく、もう一つの落ちたもののほうへと向いた。

「なんだこりゃ。……鍵？」

顔の前に持っていって、まじまじと見つめる。「返してください！」と声を上げる小萩の身体を突き飛ばして、にやりと唇を上げた。

「こいつは南京錠《なんきんじょう》の鍵じゃないか」

「あんた、これってもしかして蔵の鍵なんじゃ」

養母の声が上擦っている。その目は期待に満ちて輝いていた。

司朗の血は悪霊には有効だが、いくら悪辣でも生きた人間にはまったくの無意味だ。

「蔵の中ならたんまりお宝があるだろうよ。おまえも来な、小萩！　俺たちに逆らったらどうなるか、たっぷり思い知らせてやる！」

後ろ襟を摑まれ、腕を容赦ない力で捩《ね》じられた。激しく抗《あらが》ったが、非力な小萩ではそこから逃れられない。

「駄目です、あそこは——」

「うるさい、とっとと動け、このグズが！」

足を踏ん張ろうとしても、力任せにずるずると引きずられてしまう。地面にはくっきりとした抵抗の跡がついた。

「小萩、どうしたのよ！」

「おまえら、何してるんだ!?　小萩を離せ！」

養父の野太い怒鳴り声が聞こえたのか、美音子と陸が現れた。小萩の無残な恰好《かっこう》を見て驚愕《きょうがく》の表情になり、躍起になって養い親たちを止めようとしてくれるが、彼らの姿が見えない二人はお構いなしでずんずん蔵へと向かっていく。

「美音子、ロク、すぐに司朗に知らせろ！」

「で、でも、司朗には私たちの声が」

「あいつの周りにある物を片っ端からガタガタ揺らせ、今なら絶対に何かがあったと気づく。なんとしてでも連れてこい！」

新之輔に鋭く命令されて、真っ青になった二人はすぐに頷いて姿を消した。険しい表情の新之輔は連れていかれる小萩を追ってくる。

小萩は泣きたくなった。どうしてこう予定外のことばかり起こるのか。

また司朗さんを心配させてしまう——

ギイ、と重い音を立てて、蔵の扉が開いた。

後ろから勢いよく押されて、小萩はつんのめるように中へと足を踏み入れた。力を入れて踏みとどまり、顔を上げる。

よく見えないのは、頭がくらくらするせいばかりではないようだ。まだ午前中だというのに、扉の上部にある鉄格子付きの小窓しかない蔵の内部は、開いた扉から明るい陽射《ひざ》しが入ってもなお、暗かった。

埃《ほこり》っぽい匂いと、ひんやりと肌寒い空気が充満している。

そればかりではなく、ピリピリと突き刺さるような不穏さも感じる。

「なんだい、暗いねえ。これじゃあ何があるのかよく判らないじゃないか」

「どこかに明かりがあるはずだ。それを探して――」

養父の言葉は最後まで続かなかった。

バタン！　と大きな音と同時に蔵の扉が閉じたからだ。

その場をふつっと闇が支配する。

「な、なんだ！　おい、どうして扉を閉めた!?」

「あたしじゃないよ！　どうして――外には誰もいなかったのに！」

養父と養母が驚いて、互いを責めるように怒鳴り合った。声が半分裏返っているのは、彼らも困惑が大きいからだろう。分厚くて重量もある観音開きの蔵の扉が、あんなにも勢いよく両側から閉じられるなんて、どう考えてもおかしい。

人の力では、そんなことはできない。

「小萩……」

小萩の傍らに立つ新之輔の声は緊張で張り詰めている。一緒に蔵に入ってきた彼もまた、ここに閉じ込められてしまった。

小萩は前方に視線を据えて、頷いた。

「──います」

後ろでぎゃあぎゃあ騒ぐ養い親たちのことは頭から抜け落ちた。ここには、あの二人よりも恐ろしくて悪意に満ちたモノがいる。

「黒い靄《もや》か？　それとも、誰かの姿になっているのか？」

「今は……」

言葉を濁したことで、新之輔には答えが判ってしまったらしい。苦笑して「あいつか」とひとりごちた。

蔵の中には、新之輔の幼馴染《おさななじみ》で、錠之助の婚約者がいた。短い髪でワンピースを着た若い娘は、暗闇の中に咲く一輪の花のように立って、にっこりと笑っている。

暗すぎて周りに置いてあるものは輪郭すらはっきりと判らないくらいだというのに、なぜかその娘の姿は細かいところまではっきりと見える。小萩の目には、そのワンピースの柄が白い花であることさえ見て取れた。

娘はうふふと笑って軽やかにくるりと廻《まわ》り、スカートの裾をひるがえした。

「よく来たわね」

口から出た声は、以前座敷《ざしき》で聞いた本妻のものとはまったく違っていた。もとは同じ黒い靄でも、変じた姿によって声音や話し方まで使い分けることができるらしい。

……この声で、錠之助の耳に何を囁《ささや》いたのか。

「あら、新之輔さんじゃないの。あたしの姿が見えないのかしら、残念ね。せっかくの再会なのだから、手を取り合って喜びたかったのに」

娘が目を向けている新之輔は、厳しい表情のまま小萩から離れない。その視線は幼馴染がいる方向とは微妙にずれている。彼にはこの姿は見えていないし、声も聞こえていないのだ。

「本当はあたし、子どもの頃から新之輔さんのほうが好きだったのよ。あんな冴《さ》えない男、話をしてもつまらないし、退屈でしょうがなかったわ。ねえ、新之輔さんもお兄さんのこと、目障りでしょうがなかったんでしょ？　たった一年先に生まれたからって次の当主の座が約束されているなんてひどい話よ、あんな能のない男に」

「……黙ってください」

くすくす笑いながら娘が垂れ流す毒を、小萩は強い口調で撥《は》ねつけた。新之輔には見ることも聞くこともできなくて幸いだ。幼馴染の記憶と思い出を、こんな言葉で汚されたくはないだろう。

「新之輔さまはあなたの言葉に惑わされたりしません。どんな姿をしていたって『本物』とは違う。あなたの虚言は新之輔さまには通じません、決して」

小萩が言い返すと、新之輔は指先でこりこりと頰を搔《か》く仕草をした。

「まあ、ずいぶん肩入れすること。もしかしてあなた、新之輔さんに気があるの？　そうね、あの男よりはずっといい男ですものね」

「そんなことありません、新之輔さまより司朗さんのほうがずっといい男です！」

「小萩……おまえ一体、悪霊となんの話をしてるんだ？　なぜか俺に流れ弾が飛んできてるんだが」

小萩の声しか聞こえていない新之輔は、ちょっと傷つく顔になった。

「おい小萩、てめえさっきから何を一人でぶつぶつ喋《しゃべ》ってやがるんだ!?　早くこっちを手伝え！」

「扉が開かないんだよ！　一体どうなってるんだい！」

養い親たちは、二人で扉に張りついて喚《わめ》いていた。勝手に閉じられた蔵の扉は、鍵もかかっていないのに押しても引いてもびくともしないようだ。

「……鬱陶しいわねえ」

娘の顔から笑みが引っ込んだ。虫を見るような目を二人に向けて低い声を出し、さっと何かを払うように片手を動かす。

養父と養母の周りの闇が、ふわりと揺れた。と思ったら、彼らを取り囲むように三人分の人影が出現した。

花音子《かのこ》、りくの、錠之助だ。

養い親たちに三人の姿は見えないはずだが、彼らは揃《そろ》って周章狼狽《ろうばい》し、ひいっと掠《かす》れた悲鳴を上げた。座敷での一件のように、見えなくとも異様な圧は感じるのだろう。それぞれ耳と頭を押さえているので、霊障も出ているらしい。

二人は床の黒板に倒れ込み、ゴロゴロと転がりながら痛い痛いと呻《うめ》いた。着物の裾を乱し、泡を吹きそうなほどの苦しみようだ。錠之助たちの姿は新之輔にも見えているのだろうが、「あれは自業自得だな」と醒《さ》めた口ぶりで言って、止めようともしなかった。

「い、いいんでしょうか」

「放っておけ。死にゃしないさ、たぶん。それよりもこちらだ」

「そうよ、あんな雑魚《ざこ》なんて興味はないわ。少し黙らせただけよ」

また笑いを取り戻した娘も不遜に言い放つ。この悪霊は今までもこんな風に錠之助たち三人の霊を手下のように使っていたのかと思うと、小萩の胸になんともいえない不快感が湧いた。

「あたしたちだけでお話ししましょうよ。あんたの変な力で新之輔さんにもあたしを見せてあげるといいわ。この姿を見た時、その男がどれほど動揺してぶざまな顔を見せるか、楽しみね」

「その必要はありません」

わざわざ悪霊の言葉を新之輔の耳に入れることはない。見えなければそれでいい。

「あたしを見たら、その男も兄のようになるんじゃないかと心配なんでしょ？　いくら口では正義ぶったことを言ったって、人は簡単に本性を曝《さら》け出すものよ。そいつが幼馴染に邪《よこし》まな気持ちを一切持っていなかったと、あんたは本当に言いきれるの？　自分の兄に対してこれっぽっちも苛立《いらだ》ちを覚えなかったと？　人間なんてそんなお綺麗《きれい》なものじゃないのよ。いくら上っ面を嘘《うそ》で塗り固めても、少しヒビを入れれば、中から醜悪な本音が滲《にじ》み出てくるんだから」

ふふふと朗らかに笑いながら、娘の顔がどろりと溶けるようにして崩れた。

「……！」

小萩はなんとか悲鳴を呑《の》み込んだ。そもそもこれは仮の姿、実体がないのだから、どんな形状になっても不思議はない。

「人の内面はいつだって、欲望と嫉妬で溢《あふ》れているのさ。それをちょいと突いてやれば、誰でも簡単にボロを出す」

今度は、本妻の姿になった。小袿《こうちぎ》の長い袖先から手を出して、小萩の胸のあたりを指差してくる。

「おまえだってそうなんだろう？　おまえの中にはいつだって、おのれの境遇に対する不満と怒りがぐるぐると渦を巻いていたはずだ。同じ年頃の娘を見て、羨望を抱いたことがなかったとは言わせない。あかぎれだらけの手をして、あちこちに痣《あざ》をつくり、いつも空腹を抱えていたおまえだ。親に大事にされ、いい着物に身を包み、不自由なく暮らす娘に対して、何を思った？　羨ましい、妬ましい、悔しい、腹立たしい——そうだろう？　呆《あっ》気《け》なく死んだ実の親を、朝から晩までこき使う養い親を、のうのうと笑う周りの連中を、そして運命というものを、心の底から恨んだだろう？　自分ばかりがどうしてこうも不幸なのかと。他のやつもみんな不幸になればいいのにと」

小萩は唇を嚙《か》みしめた。ぐっと握った拳が小さく震えている。

けたたましい笑い声を立てる本妻の顔がぐにゃりと崩れた。

今度変化した顔は若い男だった。育ちの良さそうな洋装の男。……たぶんこれが美音子の婚約者で、花音子の片恋の相手だ。

このまろやかな声が、病弱な花音子をどんどん追い詰めていったのだろう。

「醜く、浅ましく、欲深い。それが人の本質だ。裏側に隠されたそれを、私は表に引っ張り出してやっているに過ぎない。私の姿はあの三人の嫉妬、憎悪、未練を形にしただけ。耳に囁いたのは、あいつらの疑心、憤怒《ふんぬ》、執着を言葉にしただけ。それらはもともとあいつらが持っていたものだ。おまえも目を背けないでちゃんと見てごらん。さあ、何がある？　養い親への憎しみか、この先への不安か、司朗への不信か」

もう我慢ならない。

小萩はきっと男を睨《にら》みつけ、片足で床を乱暴に踏み鳴らした。

どん！　という威勢のいい音がして、新之輔が目を丸くする。

「ありますよ！」

大声で怒鳴りつけると、男の顔から笑みが消えた。

「そんなの、あるに決まってるじゃないですか！　わたしは聖人君子じゃないんだから、すべてを笑って許すことなんてできません！　羨ましいとも妬ましいとも思ったことはたくさんあります！　どうして自分だけが不幸なのかと自己憐憫《れんびん》に浸ったことも数えきれません！　醜く、浅ましく、欲深いなんて、そんなことはあなたに言われるまでもなく、自分でよく知っています！」

おまけに臆病で、鈍くさくて、うじうじとすぐ落ち込んで、今みたいに突然切れ散らかす。小萩はそういう困った娘なのだ。

そんなことは判《わか》っている。前から知っていた。

「それでも、そういうところを少しでもなくしたいと思う気持ちだってあります！　そのままの自分でいいなんて思っていません！　悪いところはいっぱいあるけど、少しでも良《い》いところを見つけたいと考えているんです！　こうでありたいと望む自分に近づきたいと思うんです！　それが人の素晴らしいところでもあるんじゃないですか⁉」

いつだって自信がなかった。自分の良いところなんて、どこにあるのかさっぱり判らなかった。何もできない役立たず、小萩は自分自身にそういう呪いをかけ続けていた。

……でも司朗は、こんな小萩を認めてくれて、少しずつ「良いところ」を掬《すく》い上げて教えてくれた。

美音子も、陸も、新之輔も、いつも背中を押してくれていた。

だから小萩も、自分で自分を褒められるところを、頑張って探したい。

彼らが受け入れてくれた「小萩」を自ら貶《おとし》めるのは、相手に対する侮辱だと思うから。

そうやって人はいくらでも変わっていける。過ちを犯したら正せばいい。失敗したらやり直せばいい。間違えたなら次はどうすればいいか必死になって考えればいい。最初から完璧なものなんてないのだから、理想を目指して努力することがなによりも大事なのではないか。

「真っ白か真っ黒でなければいけないんですか？　そんなこと、あるわけない。人の本質はそんなに薄っぺらいものじゃない。嫉妬や疑念は、誰だって持っています。未来なんて誰にも判らないのだから、不安になるのは当たり前。そんなの、どっこも、何一つ、悪いことじゃありません。真《しん》に悪いのは、そういうものを歪《ゆが》めて増幅させる行為のほうです。あなたがずっとやっていたことです。あなたに人の心なんて判るはずがない。あなたは、優しさも愛情も理解しようとしない、ただの『邪念の塊』だからです！」

「うるさい!!」

表情を歪めて怒鳴る男の顔が、奇妙にだぶり始めた。端整な若い男の顔の上に、もう一つ別の顔がぼんやりと重なって見える。

ぼうぼうに乱れた髪を後ろで無造作に括《くく》った、さながら荒武者のような容貌の男——吊《つ》り上がったその眼《め》は怒りに満ち、歯を剝《む》き出して小萩を睨みつけている。

これが、冬雪《とうせつ》。悪霊の本来の姿。

「おまえなどに何が判る！　おれは南条のやつらに陥れられたんだ！　裏切られ、見下され、挙句に捨てられた！　おれの努力と苦労で築いたものを、すべて掠め取られた！　家を追われたおれが、どれほど惨めな思いをしたと思う!?　おまえもいつか同じ目に遭うぞ。あの男もまた、自分のことしか考えてはおらぬのだ。家族を亡くしても平然としていただろう、あれはそういう人間だ。おまえがいなくなったところで、すぐにまた植物を眺めることに気を取られるだろうよ！」

「あなたこそ、司朗さんの何が判るんですか。人の醜さ、浅ましさ、欲深さは隠されているると言っていたのに、悲哀や、慈愛や、死を悼む気持ちだって、胸の奥に隠されて表に出ないことがあると、なぜ判らないんですか？」

屋敷《やしき》の仏壇には、毎日いつの間にか、必ず綺麗な花が供えられていた。誰も見ていないところで、一人そこに座る司朗が、両親と兄たちに何を思っていたのか、何を語らっていたのか、小萩は知らない。

知らなくてもいいことだと思っている。

「わたしはあなたの言葉よりも、今まで司朗さんと過ごしてきた時間のほうを信じます。司朗さんがどういう人かは、ずっと見てきました。言葉を交わして、触れ合いました。わたしは、司朗さんが信じてくれた自分の目と心を信じます！」

「おのれ……」

真っ向から小萩に反論されて、冬雪が低く唸《うな》った。

激しい怒りを孕《はら》むその野太い声も、本来の彼のものなのだろう。

「小娘め……弱々しいくせに、どうしてそう揺るがぬのか。なぜ、おまえごときつまらない者が、我が悲願の妨げとなる？　そうだ、おまえだ。おまえが来てから、何もかもが上手《うま》く運ばなくなった。――だが思い上がるな、生者と死者の狭間《はざま》にいる娘よ。おまえはいつか、その身に流れる血に自らの足を掬われるぞ」

「は？」

小萩は戸惑った。何を言われているのか、さっぱり判らない。

「あと少しで、南条は滅びるというのに……おまえさえいなければ、司朗は自身のことを何も知らず気づかず、南条家を終わらせていただろうに。封じられかけてから数百年、少しずつ補給し蓄えてきた力がようやく再び満ちるというこの時になって、あの男と同じ色をした魂の持ち主が生まれるとは……！」

ぎりぎりと歯嚙《はが》みしながら悔しげに絞り出された言葉に、眉を寄せる。

あの男？

「同じ色をした魂の持ち主って……」

「よりにもよって南条の最後の一人に宿るとはな。しかしあやつはまだ、完全には目覚めていない。せっかくの力も、眠っているのならばただの宝の持ち腐れよ。早いうちに始末してしまいたかったのに」

目を怒らせてぶつぶつと呟《つぶや》く冬雪は、もう小萩の声も耳に入っていないらしかった。

その時、

「小萩さん！」

外から大きな声が自分の名を呼んだ。

蔵の重い扉が開いて、眩《まぶ》しい光が射《さ》し込んでくる。すぐ近くの床には養い親たちが倒れているが、花音子、りくの、錠之助の姿はなかった。

光を背にした司朗は、神職が着るような白衣と浅黄色の袴《はかま》を身にまとっていた。弓を構え、矢をつがえた姿勢でまっすぐ立ち、眼鏡を外した鋭い眼がこちらを向いている。

鏃《やじり》の先端が赤く染まっていた。

「その破魔の矢でおれを射ようというのか？　このおれを？　未熟なおまえごときが」

矢を向けられてもまったく動じることなく、冬雪がひひと笑う。顔と声は猛々《たけだけ》しいものになっても、首から下は若い男の洋装のままなので、そのちぐはぐさが余計に不気味さを増していた。

司朗は無言だった。表情は硬く、唇が一文字に結ばれている。

「小萩！」

「小萩、大丈夫か⁉」

美音子と陸がやって来て、小萩を守るように取り囲んだ。彼らが司朗をここに連れてきてくれたのだろう。

しかし──

「おや、あの男には、おれの声さえ聞こえていないようだ。だとしたらこの姿も見えていないのだろう？　これは傑作だ、それでどうやっておれを狙うというのだろうなあ！」

そのとおりだ。司朗はこちらに鏃を向けているが、それは小萩のいる方向に悪霊もいると推測しているに過ぎない。標的を定められてはいない。あの状態で放っても、矢は見当違いのほうへ飛んでいくだけだろう。

小萩が手で触れれば、彼にも冬雪の姿が見える。

「おれに触れるか、娘？　そうすればあの矢も当たるかもしれないぞ」

冬雪がにやにやと笑って挑発してくる。その顔にある余裕は崩れない。たとえ姿が見えたとしても、司朗の矢が当たるはずがないと高を括っているのか。それとも矢を放つと同時にまた黒い靄《もや》に戻るつもりか。

いや――いいや、違う。

小萩は口元をぐっと引き締めた。冬雪はさっきも、新之輔に自分を見せてやれと言っていた。今も、これみよがしにこちらに向けて手を出している。

触れてほしいのだ。

むざむざとあちらの誘導に乗ってはならない。浮足立ちそうになるのを必死に制した。落ち着いて考えないと。小萩が掌《てのひら》で触れればその姿は司朗にも見えるだろうが、反動で小萩は倒れて使い物にならなくなる。それではなんの意味もない。

破魔の矢で射貫《いぬ》くべきは、黒い靄ではなく、依《よ》り代《しろ》のほうなのだから。

そう、司朗が言っていたはず。悪霊は小萩を脅威だと思っていると。

小萩の力は、「見える」「見せる」のたった二つ。それが脅威だということは、それだけ依り代を見つけられたら困るということだ。その前に小萩を――この「目」を潰しておきたいと考えるほどに。

今こそ確信した。依り代を破魔の矢で射貫けば、冬雪は消滅する。

「…………」

小萩は息を深く吸い込んだ。

そろりと一歩、冬雪へと寄っていく。ゆっくり手を持ち上げると、相手の口の角度がさらに上がった。

「小萩さん、ダメだ……!」

何をしようとしているのか察して、司朗が弓を構えたまま焦った声を出す。

が、触れる寸前で、小萩はぴたりと動きを止めた。冬雪の目が訝《いぶか》しげに眇《すが》められる。

その刹那、懐にしのばせていた反対の手で、南天の小枝を取り出した。そのまま力いっぱい、冬雪の顔に向かって押し当てる。

「ギャアアアッ!!」

司朗の血で萩《はぎ》の文字が書かれた紙を結びつけた南天の枝は、今回も打撃を与えた。獣のような叫び声が、蔵の中に反響する。

冬雪の顔に、緑の葉をつけた南天の枝がぴったりと張りついて、そこからじゅわっと蒸気のような白い気体が勢いよく噴出した。同時に、小萩を守るという役割を果たした紙が、ぱあっと粉々に飛散する。

冬雪の両手が顔を掻《か》きむしるように動いたが、なぜか南天は決して剝がれない。のたうち回る身体《からだ》が収縮した。膨らんで細くなり、小さく縮んで輪郭を失う。人の形から、黒い靄となる。

黒い靄は、南天をくっつけたまま床を這《は》うようにして逃げ出した。小萩は一瞬も逸《そ》らさず目を凝らしてその動きを追った。弱った冬雪が行くところ——そこに必ず。

靄は床を這い、壁を伝って上へと向かっていく。天井近く、建物の梁《はり》が垂直に交差している場所に、同じく黒い靄に覆われた何かがあるのを小萩は捉えた。

小萩には見えるが、他の人には見えないもの。

あれだ。

「司朗さん、あそこ！」

小萩はぴんと伸ばした人差し指で、その場所を指し示した。

すぐさま司朗が矢を上方へ向ける。

不思議なことに、キリキリと音をさせて弦を引き絞っていくにつれ、弓と矢が淡く発光し始めた。司朗の構えはぴくりとも揺るがない。輝きを帯びる迷いのない顔はどこか気高く厳かで、今この瞬間、何か別の大きな力が彼を動かしているようだった。

もがくように移動する黒い靄は、梁の上にある靄のもとに辿《たど》り着くと、その中にひゅっと潜り込むように隠れてしまった。

しかし南天は消えていない。

「あれが依り代、南天めがけて射《う》って！」

その瞬間、シュッと音がして、矢が放たれた。

空気を鋭く切り裂き、煌《きら》めく軌跡を描いて一条の線となる。まるで吸い込まれるがごとく、破魔の矢は依り代へと一直線に向かっていった。

バシン！という大きな音とともに、矢が南天ごと依り代を射貫いて打ち砕く。瞬間、白光が激しく弾《はじ》けた。

暗闇に眩《まばゆ》い輝きが迸《ほとばし》り、小萩は目を瞑《つぶ》って自分の顔の前に手をかざした。

長年にわたり、この家を呪っていた冬雪の絶叫が――悪霊の最期の雄叫《おたけ》びが轟《とどろ》く。

光が消え、その声も途絶えると、また暗くなった蔵の中に、粉々になった欠片《かけら》が下に降り注ぐバラバラという音だけが響いた。

床に落ちたそれは、黒ずんだ石にしか見えなかった。もとはおそらく、一枚の石板だったのだろう。

「お……のれ、な、んじょ……め」

粉砕された石から、小さな呻《うめ》き声が漏れてきて、小萩はぞっとした。こんな状態になってまで、まだ黒い思念が完全には消えない。なんという恨みの強さ深さだろう。

「……おの、れ……」

これほどの妄執には、もはや言葉も祈りも無意味だとしか思えない。長い間南条家の人々を苦しめた存在ではあるが、本当に「救われない」とはこういうことなのだろうと思うと、小萩はやるせない気分になった。

――と。

石の欠片の周りの空気がふうっと揺れた。ぼんやりした人の姿が現れる。

まさかまだ力が残っているのか、と咄嗟《とっさ》に小萩は身構えた。弓を下ろし、近くにまで来ていた司朗に肩を抱かれ、ぐっと引き寄せられる。

しかし、それは冬雪ではなかった。

現れたのは三人――花音子、りくの、錠之助だ。

「……この悪《あ》しき魂は、俺たちがともに地獄へと連れていこう」

錠之助が小萩のほうを向いてそう言った。先日に見た凶暴な光はもうその瞳にはない。本来の彼はそうだったのだろうと思わせる、穏やかな顔つきをしていた。

静かな眼差《まなざ》しが小萩から弟の新之輔へと移って、錠之助はほんの少しだけ微笑《ほほえ》んだ。もう小萩が触れなくても、彼には弟の姿が見えている。

囚《とら》われていた魂が、ようやく自由になったのだ。

「すまなかった、新之輔」

「……兄さん」

新之輔は茫然《ぼうぜん》としている。

「そこのお嬢さんの啖呵《たんか》を聞いたよ。嫉妬や疑念は誰でも持っている、それは悪いことではない、と。……俺も、そう思ったらよかったんだな。俺はおまえが羨ましくて妬ましくかったのに、自分でそれを認められなかった。恥だと思い込んでいた。無理に押さえつけたから、余計に歪《いびつ》に膨らんだ。胸の片隅で否定する声は小さすぎて、もう一つの声のほうに負けてしまった」

――弱いというのは罪ではない。大事なのは、自分がその弱さを受け入れられるかどうかじゃないですか。

司朗もそう言っていた。

大事なのは自分の弱さを受け入れて、乗り越えて、その上で前へと進むこと。

「――遅いんだよ、馬鹿兄貴。阿呆《あほう》。間抜け。堅物。このトンチキ」

新之輔が口をへの字にする。拗《す》ねた「弟」の顔で子どものような悪態をつかれ、錠之助は苦笑した。

「陸」

りくのが優しい声で呼びかける。陸が震えながら一歩ずつ近づいて、そっと手を伸ばした。

我が子を抱きしめるように、りくのは両手を広げた。今度こそ、その腕がふわりと陸を包み込む。実際に触れ合うことはなくとも、母子は喜びに満ちた顔で目を閉じた。

「かかさまは、犯した罪を償ってから天へとまいります。時間がかかるかもしれないけれど、お許しが出ましたら、すぐにおまえのところに行きますからね」

「うん……うん、かかさま。おれ、いつまでも待ってるよ。かかさまが来てくれるまで、ずっとずっと、待ってるから」

陸は甘えるように母親にくっついて、そう言った。

「……ねえさま、ごめ」

「言っておくけど、謝罪は結構よ」

目を伏せる花音子に対して、美音子はつんと顎を上げた。その強い口調に花音子がますます項垂れる。

美音子は泣き笑いのような表情を浮かべた。

「――謝らなくていいのよ。そんなことされたら、私まで謝りたくなっちゃうじゃない。この私に頭を下げさせる気？　花音子は笑っていればいいの。そうしたら私だって笑えるわ。何があったって、これから先もずっと、花音子は誰より大切な、私の可愛《かわい》い妹なんだから」

「ねえさま……」

花音子も、双子の姉とそっくりな表情になった。

「――すまなかった。ありがとう」

そう言い残して、三人の姿が足元から徐々に消えていく。それとともに、散らばった石の破片が塵《ちり》のようになって浮き上がり、空中に消失していった。

南条を呪う声も、もう聞こえない。

しばらく、沈黙が落ちた。

「……終わったな」

やがて新之輔がぽつりと言った。

「これでもう、心残りはないわ」

美音子が清々した顔で笑う。

「ほっとしたら、気が抜けたなあ」

陸が少しだけ寂しそうに呟《つぶや》いた。

「皆さん……」

よかったですね、と単純には言えなくて、小萩は言葉に詰まった。悪霊に使役されることはなくなったとはいえ、彼らの兄、妹、母には、これからまた試練の道のりがあるのだろうから。

「いいんだ。喜んでくれ、小萩。俺たちはやるべきことをやった。もうこの現世に留まる必要もない。本当にありがとう。すべて、おまえたちのおかげだ」

「えっ……」

新之輔に微笑まれて、小萩は目を見開いた。

——そんな、まるで別れの言葉のような。

「なに今さら驚いてるのよ。こうなることは最初から判《わか》ってたじゃない。私たちは幽霊よ？　いつまでも彷徨《さまよ》っているのは正常じゃないの。責任は果たしたんだから、さっさとあの世に行かないと」

さっさと買い物に行かないと、というような気軽な口調で言われて、小萩はさらにうろたえた。美音子の言うことはもっともだと思うし、成仏できるのなら彼らのためにはそれが良《い》いことなのだろうとも思う。でも、でも。

こんなにもすぐ？　こんなにもあっさりと？

「もしもいつか生まれ変わったら、来世はおれの姉ちゃんになってくれよ、小萩。その時は一緒に飯を食べよう。な？」

陸は頑是ない子どもを宥《なだ》めるような顔をしている。

「ま、待って。待ってください。だって」

小萩はおろおろしながら引き留めた。だってまだ心の準備ができていない。まったく、できていない。こんな唐突な別れになるとは、思ってもいなかった。というか、なんとなく三人はこれからも近くにいてくれるような気がしていた。

「……小萩さん」

肩に置かれた手が小さく動き、ぽんぽんと軽く叩《たた》かれた。小萩の顔を見て、眼鏡をかけていない司朗の目が柔らかく細められる。

「つらいかもしれませんが、ここは笑顔で見送ってあげましょう。この場所に留《とど》めるのはかえって酷ですよ」

小萩は眉尻を下げ、口の形を曲げた。強く結んだ唇が、小さく震えている。

三人と向かい合い、姿勢を正した。

喉が塞がって、なかなか言葉が出てこない。それでもなんとか、つっかえながら声を絞り出した。

「み……皆さん、い、今まで、お世話に」

「いや世話になったのは俺たちのほうだから」

「あんた、すぐに頭を下げるその癖、いい加減に直しなさいよ」

「おれ、小萩の泣き顔には弱いんだ。司朗の言うとおり、笑ってくれよ」

こんな時まで、三人はいつもと変わらなかった。ずけずけと言いたい放題で、勝手なことばかり言って、小萩に押しつけるだけ押しつけて、消えてしまう幽霊。

でもいつでも率直で、頼もしくて、優しかった。

大好きだった。

笑おうと思って口の端を無理やり上げたら、逆に目からは涙がぽろっとこぼれた。

「うっ……し、新之輔さま、美音子さま、陸ちゃん……ど、どうか、いつまでも、おっ、お元気で……」

「悪い、俺たち死んでるんだ」

「まったく最後までしまらない子ね！」

「鼻水出てるから拭いたほうがいいぞ」

もう自分ではどうにもならず、ぼろぼろ涙を落とし始める。三人はそれを見て、揃《そろ》って呆《あき》れる顔をした。

それがますます悲しくて切ない。別れを受け入れなければと思う反面、もうこんなやり取りはできないのだと思うと、たまらなく寂しくなってしまう自分が情けない。すっきりした気持ちで旅立ってもらわなければいけないのに。

「わ……わたし、これからも、がん、頑張ります……皆さんに、叱られない、ように、もっとしっかりします、から……あ、安心して……ください」

意思表明するそばからべそべそ泣いている。

三人は顔を見合わせて、しょうがないなというように笑った。

「――さっきの凛々《りり》しい姿は見惚《みほ》れるくらい恰好《かっこう》よかったぞ。これからも司朗と仲良くな」

「南条家の嫁らしくね。小萩なら大丈夫よ。ちゃんと見ていてあげるから」

「今度小萩を苛《いじ》めるやつがいたら、おれが罰を当ててやるからな！」

三人分の手が伸びてきて、撫《な》でるように小萩の頭に触れた。

冷たくて温かい感触に、また泣けた。

「じゃあな」

優しげな声と笑顔を残して、陸が、美音子が、そして新之輔の姿が、ゆっくりと消えていった。

小さな光の粒子が三人を包み込み、空へと昇っていく。

一瞬後、そこにはもう何もなかった。あの三人がいたことを示す痕跡は一つとしてない。彼らなどまるで最初から存在しなかったように。

扉から射《さ》し入る陽の光が、舞い上がった埃《ほこり》をきらきらと輝かせている。

がらんとしたその場所には、誰もいない。いなくなった。

——行ってしまった。

うわあん、と声を上げた小萩の身体《からだ》を、司朗の両手がそっと包み込む。その胸に取り縋《すが》って思いきり泣いた。司朗は何も言わず、黙って抱きしめてくれていた。

小萩が泣き止《や》むまで、ずっと。

終　章

小萩《こはぎ》が南条《なんじょう》家に嫁いできたのは緑鮮やかな暑い夏のことだった。あの時は秋までここにいられるだろうかと心配していたが、今はもうすっかり冬になり、寒さもいよいよ本格的になってきている。

昨日までは天気が悪くて冷え込んでいたものの、今日はよく晴れたためか、この時期にしては珍しいほどぽかぽかと暖かい。司朗《しろう》と一緒に縁側に並んで日向《ひなた》ぼっこするには最適の、いい陽気だった。

庭の植木も大半は冬支度で少々寂しげな様子だが、葉が青々としている常緑樹もあるし、赤い花をつけて目を楽しませてくれる寒椿《かんつばき》などもある。

しかし小萩の隣に座る司朗は、さっきから不機嫌な顔つきを隠そうともしなかった。

「──で、どうしてまだいるんですか」

口から出る声は、控えめに言っても迷惑そうだ。

「それがなあ、俺たちもよく判らないんだ」

と返したのは新之輔《しんのすけ》である。

「私たちだって困惑してるのよ、ねえ、ロク」

「そうだぞ。てっきり空の上に行くのかと思ったら、気づいたらここにいてさ」

美音子《みねこ》と陸《ろく》は「こちらこそ迷惑している」と言いたげな態度で、平然としてふんぞり返っていた。

「まああれだ、きっと、あの世も忙しいんだろうな。それで『もう少し後で来てくれ』って追い返されたんだ。なあ、小萩もそう思わないか。……ん、小萩、どうした？」

したり顔で適当極まりないことを言い、新之輔が小萩に同意を求めて振り向く。が、そこで怪訝《けげん》な表情になって首を傾《かし》げた。

「なんでそんなに膨れてるんだ？」

「……知りません！」

小萩はぷいっとそっぽを向いた。

そりゃ、膨れもするだろう。なにしろあの別れから三日間、小萩は三人のことを思い出しては、めそめそして、冥福を祈って、こんなことじゃダメだと己を叱咤《しった》激励するのを繰り返すという、なんとも忙しい日々を送っていたのだ。

そして四日目の今日、つまりついさっき、「よう、二人とも」と新之輔が陽気に挨拶しながら目の前に現れたのである。小萩は危うく縁側から転がり落ちるところだった。

美音子と陸も続いて姿を現したのを見て、さらに心臓が止まりそうになった。一人の時こっそりため息をついて過ごした、この三日間を返してほしい。ついでに涙で濡《ぬ》れすぎて湿ってしまった枕もどうにかしてほしい。

「なんだ小萩、そんなに俺が恋しかったのか。まったくおまえは可愛《かわい》いねえ。拗《す》ねた顔にはちょいと色気も」

「――伯父上」

「いや……冗談、冗談だって。おまえさ、俺は伯父で幽霊なんだから、もうちょっと大目に見てくれてもいいだろ」

軽口を叩いて笑った新之輔は、司朗から凍《い》てつくような視線を向けられて、逃げるように陸の後ろに廻《まわ》った。

「司朗も小萩も鈍感な上に不器用だものね、私たちがいなくて上手《うま》くやっていけるのか心配だったのよ。それが新しい心残りになったのかしら」

「まあどっちにしろ、かかさまが来るまで、まだしばらくかかるだろうからなー。待ってる間、ここで小萩の面倒を見てやってもいいかなと思ってさ」

美音子と陸は呑気《のんき》なことを言っている。司朗は「あらゆる意味で余計なお世話です」とぶつぶつ小声で呟いた。

「そういえば小萩、おまえの養い親たちはどうした？　きっちり縁は切れたか？」

陸の背中から新之輔が訊《たず》ねてくる。小萩が暴力を振るわれていたところに居合わせたから、気にしていたのだろう。

「それが、あれからぴたっと音信不通になりまして」

小萩は頰に手を当て、首を捻《ひね》った。

怪異の真《ま》っ只中《ただなか》にいた養父と養母は、恐怖心から途中で気を失って、蔵の中で何が起きていたのかまったく見ていなかったらしい。意識を取り戻してからは、ほうほうの体で家に逃げ帰っていった。

あれだけの目に遭ったのだから、治療費や慰謝料を寄越せとでも騒ぎ立てるのかと思ったら、案に相違して何も言ってこない。その後司朗が養家に出向き、どういう話をしたのか謎だが、「今後一切小萩には関わらない」「本家の敷居《しきい》は二度と跨《また》がない」という約束を取り付けてきたという。

「小萩を殴ったやつらだろ？　司朗、ちゃんと文句言ってきたか？」

「それなりに」

「まったく最低よね。下手をしたら傷が残ってたかもしれないじゃない。その分、やり返してきたんでしょうね？」

「それなりに」

憤然とする陸と美音子の問いに、司朗は淡々と答えている。小萩はその返事に、ん？　と引っかかった。司朗からは、「話をしてきた」としか聞いていないのだが、今、それなりにやり返した、と言わなかったか？

確認しようか迷ったが、新之輔が「やめておけ」というように首を振っているのを見て、口を閉じた。知らないままでいろ、ということらしい。そういえば、赤く腫れた頬と乱れた髪の理由を説明した時、司朗が能面のような無表情になっていたっけ……

「しかしこれでまた、南条の家は呪われている、あそこは化け物屋敷《やしき》だなんて噂《うわさ》が広がるんだろうなあ」

新之輔の顔はどう見ても面白がっているようだが、司朗は「別に構いませんよ」と素っ気なかった。

「それでうるさい人たちの足が遠のくというなら、かえって助かります。それに今現在、化け物屋敷というのも間違ってはいませんし」

「誰が化け物よ！」

「親戚のやつらのことだろ？　おれもあいつら嫌いだから、来ないほうがいいな。小萩を苛めるし」

そう言って、ちょこちょこ近づいてきた陸が、ぴたっと小萩に寄り添った。可愛らしいその様子に笑み崩れ、小萩もそちらに身体を傾ける。ひんやりと包まれる感じがするが、外気がそれよりも冷たいためか、かえって気持ちよかった。

「あー、でも今後も干渉はされるだろうなあ。さすがに新しい嫁の話は出さないだろうが、跡継ぎの問題があるし。まあ、これればかりはな」

新之輔が苦笑する。

何を言われても我慢しろということではなく、避けては通れない道だから覚悟しておけ、ということだろう。

司朗がこちらに顔を向けて、「あまり考えすぎなくていいですからね、小萩さん」と気遣うように言った。小萩はそれに微笑《ほほえ》んで頷《うなず》いたのだが、

「それで小萩、司朗ともう接吻《せっぷん》はしたのか？」

陸にけろりとした調子で問われて、今度こそ縁側から転がり落ちた。

「ろっ……陸ちゃん！　そ、そ、そういうことは、子どもが口にしちゃ」

首筋まで真っ赤になった小萩を見て、新之輔と美音子がひそひそと囁《ささや》き合う。

「したのね」

「したのか。どこまでだ？」

「ほっ、頬《ほ》っぺたに一回です！　まだそこまでしかいっていません、これからですっ！」

跳ねるように立ち上がって訂正したら、隣の司朗が「小萩さん……」と額に手を当てて下を向いた。そちらも耳が赤くなっている。

「え、まだその程度……跡継ぎがどうって段階じゃなかった。小萩が悪霊に狙われる心配もなくなって、もう我慢しなくてもよくなったのに、司朗は気が長いな。俺には到底理解

できん」

「今まさに邪魔をしておいて何を……僕は伯父上とは違うんです」

「だから怖い顔するなって。おまえのその目は、悪霊も逃げ出しそうだぞ。そうだ、せっかくだから、これから正式に悪霊退治屋を目指さないか？　おまえ才能がありそうだし」

「お断りします。僕は霊より植物に囲まれているほうが性に合っているので」

司朗はにべもなく言ったが、小萩はちょっと複雑な気持ちになって口を噤《つぐ》んだ。

小萩と悪霊との間で交わした会話はおおむね司朗にも伝えてあるのだが、ただ一つ、あのことだけは言っていないのだ。

——あの男と同じ色をした魂の持ち主。

それがどういう意味なのか、小萩には未《いま》だによく判《わか》らない。もしかして、と思うことはあるが、それは軽々しく口に出してはいけないことのような気がした。

冊子が司朗にだけ光って見えたのも、はじめて弓を扱ったというのにしっくりと馴染《なじ》んで見事な腕前だったのも、そう考えれば納得がいく。そもそも破魔の矢は、使い手が司朗だったからこそ、あのような効力を発揮したのではないだろうか。

何かの導きで小萩がこの家に来た、と以前に新之輔が言っていたのを思い出す。

もしもそれが本当で、導きの中心にいるのが司朗なのだとしたら、役割を終えたはずの三人の幽霊が未だ現世に残っていることにも意味があるのかもしれない。

もしかしたら、この先……

「小萩さん？」

司朗に顔を覗《のぞ》き込まれて、我に返った。

「どうかしましたか？」

「あ、いいえ、なんでもありません。そういえば司朗さん、南天の木に、新しい芽がついていたんですよ」

小萩が微笑んでそう言うと、司朗も目を細めた。

「それはよかった」

「はい。それで、萩《はぎ》の挿し木も無事発根したことですし、南天の隣に植えたいと思うんですけど、いいでしょうか」

「もちろん。来年ちゃんと花が咲くといいですね」

「はい」

小萩はにっこりした。

司朗の言うとおりだ。今はあまり、考えすぎないでおこう。

──未来はどうなるか判らないから、不安で、でもきっと、楽しみでもあるのだから。

「そういえば小萩、新しい着物を誂《あつら》えてもらう約束したんでしょ？　どういうのにするか決めた？」

「おれ、この間みたいなやつがいいと思う！」

「いや、小萩には意外と、華やかな色が合うんじゃないか？」

「まずは小萩さん本人の意思を尊重してくださいよ、三人とも」

いつまでも賑《にぎ》やかな縁側は、まるで平和と幸福の象徴のようだ、と小萩は思った。

これからも、この光景を守っていけますように。

あとがき

こんにちは、雨咲です。このたびは、本書「野守草《のもりぐさ》婚姻譚《たん》　幽霊屋敷《やしき》の新米花嫁」を手に取っていただき、まことにありがとうございます。

これまでは架空の国や世界観をもとに書くことが多かったのですが、こちらのお話は日本の昭和時代、第二次世界大戦の終戦から数年経《た》った頃がベースになっています。

内容はファンタジーでもありますから、すべてが現実に即しているわけではないのですが、もしかしたらちょっと昔のこの国でこんなことがあったかもしれないという空想を、レトロな雰囲気とともに楽しんでいただけましたら幸いです。

この「野守草婚姻譚」では幽霊がたびたび登場するのですが、考えてみれば、物語を読むというのは、お話の中の登場人物たちの行動を、あちらからは姿の見えない幽霊として、すぐ近くで眺めるようなものかもしれません。

皆さまにも、新之輔《しんのすけ》、美音子《みねこ》、陸《ろく》の三人と一緒に、いきなり夫婦になってしまった小萩《こはぎ》と司朗《しろう》がどのように絆《きずな》を深めていくのかを、少しだけハラハラしながら見守っていただきたいと思っております。

またこの話には、霊だけでなく植物の名前もたくさん出てくるのですが、実はそれらのうちのいくつかは、登場人物たちそれぞれを象徴する植物でもあります。

小萩はもちろん萩《はぎ》、司朗は南天、新之輔はコブシ、美音子は百合《ゆり》、陸は本編に出てきませんがユキノシタです。

ちなみに萩の花言葉は「内気」「柔軟な精神」、南天の花言葉は「私の愛は増すばかり」「良《い》い家庭」だそうですよ（他にもいろいろあります）。司朗の愛情はこれからどんどん増えていく一方らしいので、どんなに重くとも、小萩は足を踏ん張ってすべてを受け止めてほしいところです。

なお、司朗のその増していく愛の一端を垣間見《かいまみ》ることができる番外編は、紙の書籍では初版の帯のリンク先から期間限定で、電子書籍では末尾で読めます。そちらは「ページ数に制限はない」とのお言葉をいいことにガッツリ多めに書きましたので、ぜひ目を通していただけたら嬉《うれ》しいです。

今回も最初から最後まで楽しい思いをさせていただき、感謝の気持ちでいっぱいです。

一面に花が咲き乱れる、美しく華やかな表紙を描いてくださったはなさきたる先生、書籍化の過程でお世話になったすべての方々、いつも応援してくださる皆さまに、心よりお礼申し上げます。

雨咲はな

お便りはこちらまで

〒一〇二―八一七七
富士見L文庫編集部　気付
雨咲はな（様）宛
はなさきたる（様）宛

富士見L文庫

野《の》守《もり》草《ぐさ》婚《こん》姻《いん》譚《たん》
幽《ゆう》霊《れい》屋《や》敷《しき》の新《しん》米《まい》花《はな》嫁《よめ》

雨《あま》咲《さき》はな

2023年３月15日　初版発行

発行者　山下直久
発　行　株式会社 KADOKAWA
〒102-8177　東京都千代田区富士見2-13-3
電話　0570-002-301（ナビダイヤル）

印刷所　株式会社暁印刷
製本所　本間製本株式会社
装丁者　西村弘美

定価はカバーに表示してあります。　◇◇◇

●お問い合わせ
https://www.kadokawa.co.jp/（「お問い合わせ」へお進みください）
※内容によっては、お答えできない場合があります。
※サポートは日本国内のみとさせていただきます。
※Japanese text only

ISBN 978-4-04-074803-0 C0193